AF155811

Le dernier des adultes

Copyright : 2018, Pierre Dabernat
Éditeur Bod-Book on Demand
12/14 rond-point des Champs-Élysées, 75008, Paris
Impression : Bod-Book on Demand, Norderstedt, Allemagne
ISBN 9872322103270
Dépot légal : Janvier 2018

Pierre DABERNAT

LE DERNIER DES ADULTES

Roman

Il ne faut pas vous étonner
De tous les morts que vous croisez
De cette violence acharnée
Qui vous prend comme la nausée
Aujourd'hui c'est la denrée
Indispensable à la marée
Des braves gens qui se bousculent
Du matin froid au crépuscule

La première fois. (Mars 2143)

Il n'y a rien à faire...
Encore attendre puis mourir. La nouvelle a été confirmée ce matin par ma petite infirmière. Elle a des cheveux blonds, bouclés. Son regard lumineux de compréhension s'est posé sur le vieillard que je suis. Elle m'a dit :
- C'est arrivé hier soir !

Je m'en doutais. J'ai levé les sourcils, j'ai fait un signe du menton prouvant que j'avais entendu et je me suis retourné sur le côté. Pas pour dormir. Le sommeil ne reviendra pas. Mais pour méditer. A la pendule, sur le mur blanc, il est neuf heures trente. Les minutes passent sous les paupières que je tiens fermées. Et certaines images du passé défilent à grande vitesse. Ces belles journées, ces magnifiques journées que j'ai eu la chance de vivre.
Moi seul peut les raconter ! Moi seul doit les raconter !
Les enfants ont eu raison de me faire venir ici, de s'occuper de ma vieille carcasse afin de réactiver ma pauvre mémoire défaillante. Ce travail qui me tient encore en vie, plus que la médecine, plus que les mille soins dont je suis l'objet dans cette maison de lumière.
Je vais fêter mon anniversaire. Encore un...

Puis le quotidien a repris son mouvement inexorable. J'ai ouvert les yeux et la jolie Sara s'est occupée de moi. J'ai du mal à accepter cela. Mais je suis obligé de reconnaître que ma vie s'est beaucoup améliorée depuis que je suis placé dans cette université de la mémoire. Les quarante années que j'ai passé comme un loup solitaire, blessé, terré dans un minuscule refuge parisien m'ont laissé des traces profondes de souffrance. J'étais résigné à crever, seul, sans que cela se sache. Je pensais que l'on m'avait oublié mais c'était sans compter avec les enfants.

Dans le grouillement de la vie, par je ne sais quel caprice du destin, j'ai atteint cet âge canonique de cent-trente-neuf ans. Toutefois, quand mon corps dont j'ai usé et abusé, par l'alcool et la nourriture, m'a lâché aux alentours de quatre-vingts-dix ans, j'ai eu la chance de conserver un esprit sain, par lequel, en toute lucidité, je n'ai eu de cesse, chaque jour, de me torturer sur ma condition et aussi sur la solitude dans laquelle je m'étais englué depuis que ma famille n'existait plus.

Les enfants, en début de cette soirée de l'an 2094, ont donc débarqué dans mon logis.

J'étais attablé dans la cuisine. Je regardais dans mon assiette ce potage que m'avait cuisiné une jeune voisine, une enfant de dix ans, puisqu'il n'y avait plus qu'eux, et que je payais régulièrement pour s'occuper de mon intérieur et aussi de ma nourriture. Sauf que ce jour-là, la petite était pressée et qu'elle était partie rejoindre son amoureux avant même de se rendre compte que je n'avais rien d'autre à manger. Mais qu'importe ! Un vieillard n'avait pas de grands besoins et ce liquide clair, à peine tiède, me permettait, une fois encore, de replonger dans une réflexion qui ne laissait présager rien de bon en ce qui concernait ma future nuit de sommeil.

Les enfants ne m'ont pas laissé le choix.
Ils m'ont expliqué, du haut de leur petite taille, avec leur voix fluettes, mais aussi avec l'assurance de leur monde, qu'ils étaient venus spécialement me rendre visite. Il existait un programme de regroupement des personnes âgées. C'était récent. Ce projet était dans sa phase de démarrage. Comme témoin direct et privilégié de la révolution j'avais droit à des égards. J'étais parmi les premiers de la liste. Ils désiraient m'aider.

Ils m'ont bien soigné... Grâce aux progrès énormes qu'avait fait la médecine depuis que les enfants en étaient les garants j'ai retrouvé une certaine vitalité. Je n'ai pas été heureux, je n'ai pas été malheureux. J'ai eu moins mal dans mon corps, dans mes souffrances. Dans cette belle maison de confort il y avait d'autres personnes âgées avec qui parler, et quelques femmes aussi dont j'ai cru tomber amoureux, par un amour de vieillard qui passe ses journées à dire ce qu'il aurait fait s'il avait été plus jeune. Le temps s'est écoulé ainsi en me faisant oublier le passé.

Puis il y a maintenant bientôt deux ans, ce cher Abaï Bator est venu me voir. Je ne le connaissais pas mais je savais qui il était. Je vivais dans un autre établissement de confort. Le dernier établissement regroupant des vieux. Je faisais partie de cette poignée d'adultes encore vivants, de ces doyens de l'humanité, de cette pauvre, si misérable humanité qui avait été incapable de conserver la confiance de ses enfants. Avec sa façon bien à lui de convaincre, il m'a demandé d'accepter de le suivre au sein de son université, de me prêter à cette expérience de mémoire. Ce n'était pas l'heure pour moi de quitter ce monde. Je bénéficiais ainsi d'un autre sursis. Le côté noble de cette mission ne m'échappa point pour autant mais j'avoue humblement qu'il passa au second plan.

Aujourd'hui, je dois me rendre à l'évidence.
Malgré les nombreux soins prodigués à l'hôpital durant ces nombreuses années, malgré les nouveaux médicaments, le rafistolage sophistiqué de mes organes, et du remplacement des pièces défectueuses, du remodelage aussi des traits de mon visage, de mon corps, la machine humaine qui est la mienne semble arriver à son terme.
Mes cellules ne peuvent plus se régénérer. Je n'ai plus l'âge de mon physique. Je ne possède plus la vigueur d'antan. Le visage que me reflète le miroir reste souriant. Sous la barbe blanche, fournie, taillée régulièrement par les petits doigts experts de Sara, ce visage est celui d'un homme de soixante-dix ans, bien conservé, beau et fier.

Mais sous ces traits lissés, il y a un personnage bien plus âgé qui a perdu le compte des années.

Ensuite, ce sera le petit déjeuner dans le joli salon ouaté qui m'est personnellement réservé. Je demanderai alors de me rendre sur la terrasse pour contempler l'océan dans l'espoir de voir un voilier solitaire dont la trace blanche d'écume marquera pour un instant éphémère le bleu profond de l'eau. Ce rendez-vous rare de plénitude m'est devenu nécessaire pour affronter la première séance de travail. Il me pousse pour avaler le reste de la journée qui pèse lourdement sur mon esprit.

C'est pour cette raison qu'ils sont venus me chercher dans ma maison de confort. Je dois me plier à cet exercice deux fois par jour, en fin de matinée, et après la sieste obligatoire. Au début, je ne voulais pas... Je n'avais jamais fait ça. Pour moi, dormir dans la journée, c'était une perte de temps, de la bonne vie gâchée. Pourquoi n'avait-t-on encore rien inventé pour éradiquer cette pénible servitude nocturne ?
Cependant les enfants ont eu encore raison.

Le besoin de se reposer lorsque la vieillesse harcèle le corps est une cuisante nécessité, une véritable leçon d'humilité. Bien sûr les journées paraissent plus courtes mais elles sont aussi plus intenses. Je les déguste avec un plaisir évident, m'y accrochant avec tout le poids de mon énergie par cette conscience exacerbée que j'ai du temps qui s'écoule. Je sais que si je me repose, j'en retirerai des bénéfices.

Pourtant aujourd'hui est différent d'hier. Les enfants ont-ils prévus quelque chose ? Une fête avec un gâteau sans doute car ils aiment bien ça !

Je suis habillé. Debout, en équilibre précaire, le dos appuyé contre le mur de la chambre, je suis tourné légèrement vers la gamine. J'attends sagement tandis qu'elle range le pyjama et mes affaires de toilette. Puis elle me fait asseoir avec sa prévenance habituelle sur mon siège, une machine adaptée à mon physique d'adulte et qui m'a permis de retrouver une mobilité puisque mes jambes ne m'obéissent plus.

- Ce matin vous prenez votre petit déjeuner avec Abaï Bator.
- Ma chère Sara, aujourd'hui, c'est spécial, n'est-ce pas ? Cela devait bien arriver... Où est-il ?
- A l'étage intermédiaire.

La petite infirmière est pressée. Elle file le long du couloir et trotte vivement certaine d'être suivie par son protégé. Je n'ai qu'à exercer une pression du doigt pour lui emboîter le pas. Plus loin, un large ascenseur chromé nous avale et nous entraîne à deux cent mètres sous le niveau de la mer. Puis ce sont d'autres couloirs, d'autres portes. Ma main est marbrée, gainée d'une peau transparente, propre à ceux qui n'ont plus d'âge. Elle manie avec un mélange de douceur et de fébrilité les commandes de la chaise. C'est comme un jeu d'enfant. Le vieux bonhomme s'amuse sans complexe. Pourquoi en aurais-je puisque le monde n'est qu'un vaste terrain de jeu ? C'est la seule certitude que j'ai en cet instant.

Le jeune Abaï Bator contemple l'immense aquarium. Il est habillé de noir. Il se retourne à notre arrivée et sa bouche se fend d'un sourire tandis que ses yeux bridés se plissent dans un imperceptible mouvement. Au cou, en évidence, il arbore une médaille en or avec un aigle gravé. C'est le signe de ses origines. Il descend d'une noble famille d'aigliers kazakhs, ce peuple de Mongolie décimé par la bêtise humaine.

Les chaetodons qui tournent autour d'un obélisque de corail est un spectacle dont il ne se lasse jamais. Il jette encore un dernier coup d'œil sur ces microphages omnivores dont le plus coloré, un mâle, broute délicatement le tapis des algues. Puis il s'extrait de sa rêverie mouillée et il m'accueille d'un autre sourire plus cordial.

13

- Félicitations mon cher Alex ! Vous entrez dans l'histoire de l'humanité par la grande porte. Vous voilà donc immortel.
- Un immortel qui ne va pas tarder à mourir.

Le gamin éclate de rire.

- Vous savez bien que la mort, c'est l'oubli. Votre nom est lié désormais à l'histoire de l'humanité. Même si cela vous déplaît c'est ainsi. En attendant, je vous propose de partager un chocolat. Il fait un soleil magnifique. Nous pourrions en profiter là haut... Qu'en dites-vous ?

Nous voilà repartis dans l'ascenseur qui nous propulse vers l'étage supérieur. Le garçon s'adresse à la machine avec une voix neutre pour lui indiquer l'étage désiré. Cinq secondes plus tard nous débouchons sur un vestibule vitré dominant les îles Maldives. Le paysage est sublime, immuable... Un télescope trône au milieu. Abaï Bator branche le son et le dirige sur la plage la plus proche. Les branches des cocotiers oscillent légèrement. Le rire d'enfants nus qui jouent dans les vagues nous parvient comme si nous étions avec eux. Ceci malgré les kilomètres qui nous séparent. A regret, Abaï abandonne l'appareil et me précède dans un long couloir à ciel ouvert. Le vent nous gifle violemment. Puis une porte s'ouvre à la vue de la silhouette du garçon.

Abaï Bator est chez lui, dans son appartement privé, réservé à son usage personnel puisqu'il est le directeur en titre de la cité numéro cinq. Une brunette, très stylée, nous a déjà servi le petit déjeuner. Elle semble avoir une dizaine d'années.
- Goûtez-moi ce chocolat ! C'est une merveille.

La discussion est mondaine... J'attends surtout que l'enfant veuille bien me dire ce qu'il a dans la tête.
- Je sais ce que vous pensez ! Vous attendez que je vous dise que pour marquer l'événement une petite cérémonie serait la bienvenue. Je sais que vous n'aimez guère cela. Et l'on peut très bien s'en passer. Par contre, je vous propose à la place une expérience intéressante. Avez-vous remarqué que depuis

quelque temps nous vous faisons répéter des périodes que vous aviez déjà racontées.

- Oui ! Vos scribes m'ont précisé que c'était nécessaire pour enregistrer des détails qui leur avaient échappé.

- En réalité ce n'était pas cela... C'était pour mettre au point un film dont vous êtes le principal acteur. La technique du cinéma solide en est à ses débuts...

- Le cinéma solide ?

- Vous ne savez pas ce que c'est ?

- Non ! Bien sûr...

- Mon cher Alex, vous allez en avoir la primeur. Nous allons vous faire revivre votre existence. C'est prodigieux... Vous allez vous amuser follement.

- Alors je vais adorer. Ne dit-on pas, quand on est vieux, que l'on retombe en enfance ?

Abaï me fixe... Il préfère mordiller sa lèvre supérieure plutôt que de laisser fuser la réflexion qui lui vient à l'esprit. Pour tous les enfants la vieillesse reste encore une terre lointaine. En sera-t-il toujours ainsi dans les décennies à venir ?

J'étais journaliste. Je dis j'étais car je suis vieux. Il y a très longtemps que j'ai cessé d'écrire. Le cinéma solide ? Quelle est cette trouvaille ? La société des enfants m'étonne chaque jour davantage. Leur intelligence est tellement étrangère à la nôtre. Je dis « nôtre » en parlant du monde des adultes. Mais je devrais dire « mienne » car je suis le dernier sur cette planète. Le dernier des adultes. Depuis ce matin !

Il y a une chose que j'ai compris sur le tard. Pourquoi suis-je devenu si âgé ? Pourquoi tous les autres sont-ils morts avant moi ? Je n'avais aucune prédisposition spéciale pour devenir le doyen de l'ancien monde. Mais les petits m'ont retrouvé lorsque je pensais en finir avec la vie. Paris, cette ville que je pensais être ma dernière destination. J'étais dans un fichu état, à bout de souffle, d'énergie, malade et impotent.

Ils m'ont récupéré. Ils m'ont en quelque sorte ressuscité.

15

Ils affirment avec conviction que je suis leur référence. Mon histoire appartient à la mémoire collective, disent-ils. Je dois témoigner. C'est pour cela que je suis ici, devant cette porte du cinéma solide.

Par la magie de la lumière et aussi par celles de techniques qui m'échappent je vais retrouver ma jeunesse. Je n'ose pas y croire. Cela paraît tellement farfelu. Je vais redevenir moi-même. Comme un fantôme qui logerait à l'intérieur de mon propre corps. Pas celui d'aujourd'hui ! Mais celui de mes quarante ans. Quand j'étais jeune, quand j'étais beau. Avec toutefois cette différence : je pourrai voir, entendre, ressentir le toucher, le froid, le chaud et même le goût. Par contre je ne pourrais ni parler ou interférer dans le déroulement des scènes du passé. Je serai le spectateur privilégié et unique de ma vie.

Ce concept est à la pointe du progrès. De leur progrès, celui des enfants qui ont réinventé une autre technologie.

Les cinéastes, petits en taille, mais paradoxalement si grand en talent, souhaitent m'injecter le plus tôt possible dans mon histoire pour vérifier si les biographes n'ont rien oublié. J'ai toujours du mal à admettre que les enfants, les plus anciens, ceux qui sont nés en 1974, ont près de cent-soixante-neuf ans. Ils sont tous des puits de sciences. Ces enfants malgré le nombre des années écoulées ont conservé le physique de leurs dix ans par un mystère que nous les adultes n'avons jamais pu percer. Ainsi, moi le dernier des derniers, je suis encore à me demander si certains de ces enfants, ceux-là même qui sont à l'origine de la révolution, connaissent la raison de ce prodige.

Ils veulent savoir si le scénario est bien le reflet de tout ce que j'ai vécu. Depuis deux ans ils sondent ma mémoire, mon cerveau. Ils titillent mes neurones pour débrouiller mon aventure, pour expliquer aux autres, à ceux qui viendront après ma mort, comment la révolution a eu lieu... Je suppose qu'après ma disparition, puisqu'il n'y aura plus d'adulte, les enfants de la planète se remettront à grandir, à vieillir, pour accéder à la finalité suprême. Cette finalité qui calcule le prix de la vie. Celui de la mort.

C'est mon idée. Beaucoup d'hommes l'ont eue. Mais ils ne sont plus aujourd'hui.J'avoue que j'ai le trac.

Ce retour n'est pas sans danger. Comment vais-je supporter de revoir la femme que j'ai aimée, mes amis, mon fils dont j'ai perdu la trace, mes anciens collègues de travail qui ont tant compté ? Ainsi que tous les décors qui m'ont imprégné à jamais, ceux des jours heureux, de mon enfance heureuse à Manosque, puis mes études sur les bords de la Garonne à Toulouse, puis ma maison dans l'Aude, Paris et le travail, et ma retraite en Égypte, enfin mon retour dans la capitale pour y finir mes jours. Je respire à fond et je cherche Abaï-Bator.

L'équipe technique de ce cinéma d'un autre monde s'active fébrilement. Le manège incessant de ces petits personnages a fini par me donner le tournis. J'ai avalé une mixture, une sorte de tranquillisant pour diminuer l'effet déplaisant de cette tension.

J'ai eu mon lot d'encouragements… Les minuscules mains m'ont poussé vers la porte. Une porte lourde qui a de la peine à s'ouvrir, comme une porte blanche de lumière qui cache le paradis aux yeux des mortels.

J'ai été prévenu. Dans la seconde où j'en aurai franchi le seuil, je serai transposé dans le corps de mon personnage. Je vais revivre en ce début de film qu'une infime partie de ma vie. Un moment qui a marqué mon existence. Le point de départ de cette fameuse enquête que j'ai menée avec tant d'acharnement et de conviction. Cette enquête qui a permis aux autorités mondiales de l'époque de comprendre ce qui arrivait à l'espèce humaine.

J'ai rêvé… Depuis plusieurs nuits, je fais des rêves bizarres. J'ai même pleuré la première fois et maman est venue dans ma chambre. Elle m'a pris dans ses bras et j'ai continué à pleurer doucement. Mais après j'ai fait exprès ! J'adore être contre elle, de sentir son « sent-bon ». Elle m'a consolé et m'a couvert de petits baisers sur les yeux pour que je les referme et pour sécher mes larmes. Puis elle s'est endormie à côté de moi. Longtemps après elle est partie.

Le lendemain j'ai fait un autre rêve. Mais cette fois-ci, je n'ai pas pleuré. Je me suis juste réveillé et j'ai gardé les yeux ouverts comme des billes. Je le fais souvent... C'est papa qui me dit ça. Sans faire de bruit je me suis levé et j'ai fouillé dans mon coffre pour retrouver Chipili. Il était tout au fond, à moitié écrasé par mon camion de pompier quand j'étais petit. Puis j'ai allumé ma lampe de chevet pour ne pas avoir peur. Mais avec Chipili à côté de moi c'est mieux. Comme j'étais fatigué, je me suis endormi.

Maman m'a demandé pourquoi j'avais allumé la lampe. J'ai répondu que je ne savais pas et j'ai fait l'idiot. Et ça aussi papa dit que je sais très bien le faire. Surtout avec les yeux comme les billes.

Maintenant je suis habitué... Avant de me coucher, je me prépare pour mon rêve... Maman m'a demandé pourquoi je dormais avec Chipili ? Comme quand j'étais petit. J'ai dit que j'en avais envie et elle a juste rigolé. Elle m'a ébouriffé les cheveux puis elle m'a embrassé en me disant à l'oreille « mon bébé ». Je n'ai pas aimé et j'ai fait la tête.

Ce soir, je sais que la fille de mon rêve va me parler. Et je suis content de ça... C'est bête d'avoir eu peur les premières fois. Elle m'a dit qu'elle a besoin de moi... Elle m'a avoué aussi qu'elle était un peu mon amoureuse. Alors de ça j'ai été bien surpris ! Mais maintenant je suis très content… A l'école j'ai bien une copine. Je dis que je l'aime mais au fond de moi je sais que c'est faux. Je la trouve jolie mais surtout très embêtante.

Mais dans le rêve de la nuit c'est bien mieux. La fille qui me parle est encore plus belle. Elle a de grands cheveux noirs, très longs, avec une tresse. Et aussi de grands yeux sombres et des dents blanches. Elle a une drôle de robe et même un foulard sur la tête. C'est comme dans un livre que j'ai lu à la bibliothèque.

Elle s'appelle Saraswati. Elle a expliqué pourquoi elle me parle chaque nuit. Elle dit qu'elle m'a choisi mais elle ne sait pas pourquoi… Elle habite chez un docteur mais elle n'est pas malade et il n'est pas son père. Toute sa famille est morte empoisonnée. C'est pour cette raison que j'ai pleuré la première nuit parce qu'elle m'a raconté comment c'est arrivé.

Ce matin papa est très énervé. C'est parce qu'il est pressé. Quand il s'en va pour un voyage il est à cran. C'est maman qui dit ça. Elle répète chaque fois : « Oui mon chéri, tu as raison mais fais attention à toi ! » Ou encore : « Soit bien prudent et surtout téléphone-moi ». C'est pareil à chaque départ. Mon papa est un journaliste. C'est vrai qu'il fait des bêtises. Il est même allé en prison… Mais une prison où il n'y a que des gentils. Ce sont les méchants qui gardent les clefs. Il m'a expliqué ça quand j'étais bébé mais je me rappelle encore… Son travail c'est faire des reportages sur les enfants et dans le monde entier. Mais pas des enfants comme moi. Non ! De ceux qui ont de gros malheurs.

Nous sommes dans la cuisine. Maman a posé sur la table mon chocolat avec mes céréales. Je me régale mais j'écoute aussi ce qu'ils se racontent.

- A quelle heure as-tu ton avion ? demande maman.
- Je dois être à Orly à sept heures quarante-cinq.
- Quand arrives-tu à Sidney ?
- Je ne sais pas, c'est compliqué. Mais ne t'inquiète pas.
- C'est encore un gamin qui… il est malade lui aussi ?
- Oui c'est cela !

Ils ont l'air gêné et ils me regardent tous les deux en même temps. Mais je fais semblant de rien. Pourtant je sais de quoi ils parlent. Saraswati m'a demandé de ne rien dire. Et puis je sais qu'elle connaît très bien mon papa. Ce n'est pas elle qui me le l'a dit mais ça je l'ai deviné.

Aujourd'hui j'ai école mais il paraît qu'elle est fermée. Il y a une réunion des parents. Papa a raconté à maman qu'il était désolé. Il ne pouvait pas y aller. Monsieur le directeur désirait qu'il vienne pour expliquer aux parents son travail. Il appelle ça un exposé mais c'est maman qui va y aller et c'est elle qui va le faire et parler du travail de papa sur les enfants.

C'est bientôt Noël. Maman après son petit travail à l'école est revenue. Elle a donné des sous à Myriam qui m'a gardé. C'est une grande qui mange tout le temps dans le frigo. Moi, ça m'agace mais maman rigole. Il faut dire que maman est une heureuse. Elle rit souvent. Ce n'est pas comme papa qui a beaucoup de soucis avec son journal et sa télévision.

Le comble pour la télévision c'est qu'il n'y en a pas à la maison. Quand j'étais petit il y en avait une. Aujourd'hui elle est dans le grenier. Papa m'a dit qu'elle était cassée mais je sais que c'est un mensonge. Elle fonctionne très bien, j'en suis sûr. Au début je n'étais pas content à cause des dessins animés. Après je me suis habitué. Maintenant ma maman m'amène à la bibliothèque du quartier et je trouve que c'est génial les livres.

Mais nous avons quand même un lecteur de film et de temps en temps nous faisons le cinéma à la maison sur un écran accroché au mur du salon. J'ai le droit aussi de jouer sur mon ordinateur mais je ne peux pas aller « surfer » sur celui de papa. Il a posé un code secret... De toute façon, je sais pourquoi papa a rangé le poste là-haut. C'est pour ne pas être dérangé avec le journal télévisé. Tout le monde ne parle que de ça. Surtout des enfants qui veulent rester des enfants. Moi, je suis grand. Je vais avoir neuf ans le deux novembre 2009. Je suis du signe du scorpion. C'est une bête qui pique.

Saraswati revient toutes les nuits. J'attends avec impatience l'heure d'aller me coucher. Papa est très étonné car avant je faisais toujours traîner pour aller au lit... Mais cette nuit, il s'est passé quelque chose de nouveau, de formidable aussi. Je n'ai pas eu besoin de dormir pour rentrer en contact avec Saraswati. Je me suis juste allongé. Comme j'étais tellement énervé, j'ai gardé dans le noir les yeux ouverts comme des billes. Et je l'ai vue...
Elle m'a parlé et moi j'ai pu lui répondre. C'était comme au téléphone mais en mieux puisqu'on se voit, qu'on n'a pas besoin de causer pour s'entendre. Elle affirme que c'est un vrai secret et que je ne dois en parler à personne. Pourtant j'ai drôlement envie de le dire. Mais je tiendrai ma parole enfermée. C'est pour ça que j'ai commencé à écrire dans mon cahier mystérieux. C'est le nom que je lui donne et je vais le cacher sous le dernier tiroir de ma commode. Cette histoire des enfants qui ne désirent plus grandir pour ne pas ressembler aux grands est devenue un grand problème pour les chefs des pays. Il y en a partout dans le monde. Ils ne veulent plus que les adultes continuent à faire du malheur. Mon papa écrit plein d'articles là-dessus. Je crois que c'est pour toutes ces histoires qu'il est très fatigué.
Je ne veux pas désobéir à Saraswati qui est très gentille avec moi. Elle devine ce que je pense et m'a promis de m'aider pour l'école, pour faire des progrès en écriture, en calcul et surtout en géographie.

Première séance
(Retour en Août 1994)

La lumière m'éblouit mais cela ne dure pas. Une sensation bizarre d'apesanteur m'envahit. J'ai l'impression de voler. Je suis devenu léger comme une plume… C'est étrange. Puis la clarté aveuglante a disparu au profit d'une accumulation d'images superposées. Comme autrefois lorsque la pellicule d'un film se prenait à dérailler lors d'une projection. Toutes ces images se superposent à une vitesse cosmique. Je n'en discerne qu'une forme de tableau coloré et animé. Pourtant je comprends immédiatement que ce sont des visages, des paysages qui défilent ainsi. C'est tout bonnement ma vie qui repart en arrière, qui m'entraîne dans son sillage vertigineux et fou.

Une image s'impose. Une image qui se solidifie si l'on peut dire. Je suis à Toulouse, la ville rose de mes études, sur la place du Capitole, attablé à la terrasse d'un café, sous les arcades, en face de la mairie. Je partage un verre de bière avec un ami. C'est l'été 1994, il fait une chaleur caniculaire. D'ordinaire cet endroit grouille de monde mais la place est vide à l'exception d'une poignée de touristes en short.
C'est ma voix et je suis surpris de m'entendre ainsi parler. Cet ami je le reconnais avec un pincement au cœur :
- Je te prie de me croire Henri ! Ce que j'ai découvert est ahurissant.

J'avale une gorgée de bière fraîche. Avec un sentiment de plaisir indéfinissable j'en redécouvre le goût exquis comme si c'était moi, le vieillard, qui buvait ce breuvage. Breuvage qui a disparu depuis des années du comptoir des bars pour la simple raison que les enfants de dix ans ne boivent jamais d'alcools. J'avais beau être prévenu cette sensation bizarre d'être quelqu'un d'autre en étant soi-même est l' expérience la plus déconcertante qui m'ait été donnée de vivre.
- Quel est ce reportage ? me demande Henri.

22

- Une fillette surdouée en Inde. C'est un médecin qui m'a mis sur le coup… C'est lui qui m'a téléphoné au journal.

- Pourquoi toi ?

- Il a lu mes articles sur les enfants martyrisés. Il connaît mon engagement dans les associations et mon attachement pour ce sujet…

Henri est un homme de petite taille, pas sportif pour un sou et qui rouspète sans cesse après son embonpoint. Mais il ne fait rien pour maigrir. Il mange, il boit, il fume sa cigarette comme s'il était condamné à mort. Ce qui est le cas mais il ne le sait pas encore... Le cancer est venu le cueillir deux ans après cette entrevue. Je le sais et ce souvenir fugace me traverse la pensée le temps d'un éclair. Henri me demande :

- Mais elle n'est pas la seule surdouée... Pourquoi aller là-bas ? Pourquoi pas le Mexique, la Chine ou l'Ariège ?

- Je n'en sais rien. Cet informateur n'a rien voulu me dire. Il m'a branché sur la gamine en m'affirmant qu'elle possédait quelque chose de différent. Si je ne voulais ne pas faire ce reportage il s'adresserait à un autre journal. Tu comprends que c'était la dernière chose à dire à un journaliste. De plus il avait l'air sérieux et il a trouvé les mots pour que nous nous rencontrions à Paris. Il m'a montré certains documents pour me convaincre suffisamment. Il m'a donné le contact d'un autre médecin...

- Un autre ?

- Oui ! Un médecin humanitaire. Voilà tu sais tout !

- Et tu vas y aller ?

- Je suis souvent allé en Inde pour écrire mon bouquin sur les femmes des basses castes. C'est l'occasion d'y revenir. Et j'avoue qu'il a mis ma curiosité à rude épreuve.

- Qui est donc cette gamine ?

- Il m'a confié que son cas est unique au monde. Il a besoin d'un vrai professionnel pour faire ce reportage. Il avait l'air sincère au téléphone.

Je suis saisi par la réalité de cet entretien que j'avais oublié. Le passé possède cette faculté de se loger dans les confins du subconscient et les petits fouilleurs de mémoire sont allés mettre à jour cette scène qui n'a pas duré plus d'un quart d'heure. Ils me la restituent dans toute sa précision, avec en prime ce cadeau inestimable, celui de ce verre de bière.

La conversation avec Henri continue sur un ton décousu. On discute sur d'autres sujets, sur des amis que nous avions en communs, sans oublier la politique. On parle de la vie tout bêtement. Cette vie à jamais révolue...

Puis il se lève, il m'embrasse et ces deux bises plaquées sur mes joues me rappellent que l'on était de bons amis. Pardon Henri, me dis-je, car je t'avais oublié. Mille fois pardon ! Et l'émotion me gagne... Une boule me serre la langue. J'ai envie de pleurer. Je veux que l'on arrête tout de suite cette saloperie de cinéma solide. Je reste là debout, stupide et je vois cet homme du passé, cette image solide traverser à pas mesurés la place ensoleillée et disparaître sous le porche de la mairie. J'ai repris mon verre de bière. Je le vide avec de longues gorgées gloutonnes. Le goût n'est plus le même. Je veux que l'on me sorte de ce fichu endroit et je ne sais que faire. Je n'ai pas soif et je suis obligé de sentir ce breuvage emplir mon estomac. J'ai envie de vomir.

J'ai conscience que j'ai la faculté de capter les pensées qui sont restées gravées dans le livre épais de mes souvenirs. Les petits les ont copiées, même les plus intimes, les plus secrètes, les plus viles aussi car je n'ai pas été un homme parfait. Je n'ai pas été un exemple de vertu. J'ai trompé mon entourage en pensée, en action. Comme la plupart d'entre nous ! C'est extrêmement désagréable de réaliser soudain que d'autres ont mis à nu toutes vos failles et vos faiblesses. D'avoir été disséqué me remplit d'une colère incontrôlée. Je suis submergé par une vague de honte immense.

Je m'affole et les petits opérateurs qui régissent le film ont dû s'en rendre compte. La place du Capitole se perd alors dans un flou de couleurs multicolores. Je me retrouve avec la peau baignée d'une moiteur désagréable et qui me fait frissonner. Je suis seul, perdu, dans une immense pièce aussi vaste qu'un stade olympique. Je suis cassé physiquement et moralement.

L'expérience m'a bouleversé. J'ai eu un moment de panique ne pouvant rien faire pour m'extraire de cette enveloppe charnelle, de cette composition solide et fabriquée de toutes pièces par je ne sais quelle alchimie.

Une fois introduit dans la séquence il est impossible d'en sortir. Il n'y a que les opérateurs qui détiennent ce pouvoir. Seulement, il n'y a aucun moyen de communiquer avec eux. Cet immense espace possède des murs couverts d'appareils bizarres. L'ensemble fait penser aux alvéoles d'une ruche géante, alvéoles qui brillent, qui bougent, qui projettent des sons, des lumières comme si cela leur échappait.

Je suis en compagnie d'Abaï-Bator. Il est satisfait et il me le fait savoir à sa manière.

- Mon cher Alex comment avez-vous trouvé l'expérience ?
- Impressionnant ! J'avoue que j'ai eu peur mais je me suis repris. Question d'habitude j'imagine...
- Dites-moi, n'avons-nous rien oublié ?

J'essaye de me souvenir. Je n'ose pas lui avouer le pourquoi de ma perte de contrôle.

- Non je ne crois pas ! Il est certain que j'étais dans un sacré état pour avoir l'œil suffisamment critique.
- Ce n'est pas grave.

Abaï Bator a posé sa main sur une bouteille et il se sert un verre. La bouteille est de dimension réduite. Comme tous les objets de ce bâtiment. Si je n'avais pas ma chaise électrique, je ne pourrais pas nicher mon mètre quatre-vingt-cinq dans un des fauteuils qui nous entourent. Les meubles sont tous dans les proportions de la taille des enfants.

Nous sommes installés sur la terrasse, derrière la véranda. Nous dominons l'océan. Les nuages sont gris et lourds. On dirait qu'il va faire de l'orage. Je me perds dans le ciel et la voix d'Abaï Bator est devenue lointaine.
- Vous allez vous reposer et regagner votre chambre. Après votre sieste nous ferons une deuxième tentative. Mais ça va être différent.

Le mot « différent » me fait revenir à la réalité. Je m'extirpe de mon nuage.
- Comment cela ? dis-je.
- C'est simple. Cette fois vous ne serez pas à l'intérieur de votre enveloppe cinématographique. Et la raison est simple. Vous n'avez jamais assisté à ces scènes. Nous avons élaboré ces plans avec les souvenirs d'un nouveau personnage. Nous allons vous introduire dans la séquence et vous allez évoluer dans l'intimité de cette personne. Vous aurez des sensations différentes.
- Comme un esprit en quelque sorte ?
- Oui ! Vous serez une mouture d'ectoplasme, entraîné dans le sillage des événements qui ont eu lieu il y a longtemps. Vous capterez les pensées d'une jeune femme, vous la verrez bouger, vous l'entendrez aussi parler, mais vous n'aurez pas comme précédemment la sensation du toucher ni du reste.
- Cela me paraît logique. Quelle est cette personne ? Je la connais ?
- Bien sûr ! Elle a joué un rôle capital. C'est Saraswati. Vous allez vivre l'instant primordial de sa décision, celui-là même qui a déclenché le phénomène. Mais je vous préviens, c'est particulièrement pénible. Nous savons que vous connaissez les circonstances dramatiques de cet épisode puisque vous l'avez interviewée. Vous serez dans l'horreur la plus grande. Vous vous en doutez. Sachez cependant que vous n'êtes pas obligé si vous ne vous en sentez pas capable...

26

- Je peux vous poser une question ?
- Oui, bien sûr !

Abaï Bator se cale dans son petit sofa, allonge ses jambes et confiant attend ma question. Quelque chose me dit qu'il sait déjà ce que je vais demander. Ces diables de bonhommes me surprennent toujours. Parfois, j'ai l'impression que les enfants possèdent un pouvoir divinatoire.

- Vous voulez me faire revivre ma vie. Une autre vie, celle que vous avez fabriquée avec mes souvenirs. Dans le but si j'ai bien compris de vérifier si rien ne manque ou plutôt s'il n'existe pas des erreurs grossières dans le scénario. Car pour les détails cela risque d'être plus difficile. Mais pourquoi me plonger au côté de Saraswati ?
- Nous voulons réaliser avec ce premier film solide une expérience unique, un nouvel outil pour l'éducation. Il sera distribué dans nos écoles, nos futures écoles...
- Vous voulez dire dans celles que vous construirez après ma mort, lorsque vous vous remettrez enfin à grandir et plus tard à faire à votre tour des enfants ?

Abaï Bator ne répond pas. Durant des années, chaque fois que cette question fatidique leur avait été posée, les enfants l'avaient couverte d'un silence lourd et surtout révélateur d'une stratégie bien précise. C'était à croire qu'ils avaient été tous programmés. Cette question semblait toujours leur couper leurs circuits pendant au moins quelques secondes, temps généralement nécessaire pour retrouver leur sourire et leur amabilité.
- Dans la première séquence, précise-t-il, vous dites à votre ami Henri que vous avez découvert la jeune Saraswati. Mais vos explications ne valent pas les images de la douloureuse expérience vécue par notre amie. Il est important que cette séquence fasse partie du film qui est en réalité l'histoire de notre révolution. N'oubliez pas que vous êtes le lien, le trait

d'union entre le monde des adultes et le nôtre, c'est à dire celui des enfants.

- Mais vous pourriez rattacher cet épisode au film sans pour cela me le faire vivre ?

- C'est exact ! C'est pour cette raison que j'ai demandé si vous étiez d'accord. Disons mon cher Alex que c'est par courtoisie que nous vous le proposons. Et nous avons aussi besoin de vérifier certains détails techniques sur ce mode de vision.

- Je vous sers de cobaye ?

- En quelque sorte ! Oui... Mais vous ne risquez rien. Le cinéma solide n'est pas dangereux. Que décidez-vous ?

- J'accepte.

- Même si c'est dur ?

- Je crois que j'en suis capable.

- Bien ! Alors après la sieste.

- Et demain ?

- Demain, vous verrez bien...

Abaï Bator avale d'un trait son verre d'eau. Son visage est celui de la bonne plaisanterie. La tournure que prend cette affaire, semble-t-il, l'amuse beaucoup. Avec les enfants c'est toujours difficile de deviner leur état d'esprit. Ils abordent la plupart des questions, même les plus graves, avec la même apparente insouciance.

Après avoir échangé nos salutations réciproques, il ne me reste plus qu'à actionner la manette de ma chaise électrique qui m'emporte vers mon chez-moi. J'ai une faim de jeune homme.

La sieste a été bénéfique. Je suis prêt pour cette deuxième séance.

L'équipe des techniciens en miniature est restée identique. Les petits bonhommes bougent. Ils s'animent autour de ma grande carcasse avec autant de fébrilité que ce matin.

Nous y sommes. Je n'ai qu'à pousser la porte de la salle du cinéma et m'enfoncer dans ce matelas de lumière. Adieu ma chaise et mes rouages arthrosiques !

Ma petite maman est en effervescence depuis bientôt quinze jours. Cette année nous fêtons Noël chez nous. C'est-à-dire que toute la famille va se réunir autour de notre sapin. Déjà, maman a piqué sa crise car elle n'en trouvait pas d'assez beau et d'assez grand. Enfin, nous avons fini par en trouver un. Nous l'avons mis dans la voiture et il dépassait au moins d'un mètre derrière le coffre. Nous avons passé la journée pour le décorer avec des boules rouges, blanches et dorées. Avec aussi une guirlande multicolore clignotante. En réalité, c'est la maison que nous avons transformée. Le plus dur a été d'accrocher l'étoile en haut du sapin. Au ras du plafond. Comme maman a le vertige, elle n'était pas fière perchée sur l'escabeau. Elle s'est même énervée…

Puis la nuit on a dormi. Et patatrac ! On a entendu un grand bruit puis les boules qui rebondissaient sur le plancher. Le sapin s'était écroulé. A quatre heures du matin, maman, dans sa robe de chambre, a failli pleurer. J'ai bien vu son visage. Elle est remontée se coucher à côté de papa qui ne s'était même pas réveillé.
Le lendemain on a recommencé mais, cette fois-ci, papa a accroché une cheville au mur. Il a attaché l'arbre avec du fil de pêche pour brochet. Ouf ! On n'aura plus de problème.

Saraswati me contacte moins souvent. Ce n'est pas grave. Nous sommes maintenant très unis. Et nous avons décidé de nous rencontrer. Nous ne savons pas quand... Sans doute plus tard quand la situation aura évolué. Pour l'heure nous sommes toujours des enfants sans aucune autonomie.

Les adultes du monde entier ne le savent pas encore mais le vingt-cinq décembre 2009 tous les enfants de la planète vont cesser de grandir. Saraswati m'a dit que ce jour est spécial et qu'il appartient aux enfants et que c'est une bonne idée que ça commence ce jour-là.

Cette année c'est l'oncle Patrick qui va se mettre un oreiller sous le déguisement pour faire le papa Noël. Il va porter les cadeaux à minuit. C'est surtout pour ma cousine Claire qui a quatre ans et qui y croit encore. Son petit frère à neuf mois et il ne sait pas marcher. Pour lui ce ne sera pas la peine car il dormira à cette heure-là. Mes parents m'ont demandé ce qui me ferait plaisir comme cadeau. J'ai réclamé de l'argent pour me payer un billet d'avion. Ils ont rigolé. Pourtant s'ils savaient, ils rigoleraient moins. Mais, ils restent mes parents chéris et ce n'est pas de leur faute s'ils sont des adultes.

Deuxième séance
(Retour en Décembre 1984)

Je suis une petite fille. Pas exactement, je suis à côté d'elle. Je la vois et je pense comme elle. Sa pensée c'est la mienne. C'est une impression bizarre. Incroyable comme sensation. Je sais que je m'appelle... plutôt qu'elle s'appelle Saraswati. C'est la nuit et elle ne parvient pas à dormir. Elle a quitté la chambre commune et elle est montée sur la terrasse. Malgré la situation précaire de ses parents, ils sont une des rares familles à posséder une bâtisse en dur. Mais elle est sans confort, avec très peu d'espace. Ils n'habitent pas comme la plupart dans une hutte au toit de chaume ou de tôle ondulée ou carrément dans la rue sous une bâche trouée.

Accroupie dans un coin, serrée dans son sari de coton vert anis, elle observe le dessin des étoiles. C'est sa passion. Une musique lointaine qui bat son plein à l'autre bout du quartier l'a réveillée. C'est un mariage…
La mélodie joyeuse serpente par-dessus les toits. Il a ouvert pourtant le robinet de la mélancolie. Cette fête lui rappelle sa condition de fille. Son avenir misérable est déjà écrit. La peine qu'elle en éprouve étreint son cœur. A son tour, elle sera comme cette jeune mariée. Livrée à un homme qu'elle ne connaîtra pas ! Elle dansera assourdie par le volume de la musique, les grelots autour des chevilles pour marquer son appartenance à son futur mari.
Elle a pitié de cette fille.

Dans ce pays immense les femmes pauvres ont rarement droit à la parole. Les fillettes ne vont pas à l'école comme leurs frères. Il arrive aussi que des mariées soient harcelées, humiliées. Elles sont souvent frappées par leur mari ou par leur belle-famille si jamais la dote ne correspond pas aux attentes voulues. Parfois, elles sont même assassinées par le feu. Cet acte de barbarie, maquillé en accident de fourneau, n'intéresse pas la police. Certaines traditions sont ancrées dans le plus mauvais de l'homme.

Malheureusement cela ne rebute pas la plupart de ses amies. Elles ne croient pas à ces histoires sordides et préfèrent voir, dans la cérémonie du mariage l'aboutissement de leur vie de petite fille, le meilleur départ pour leur existence de femme.

Saraswati porte un nom prometteur. Celui de la déesse de la connaissance. Ses ambitions sont tournées vers les étoiles... Ici-bas, il y a trop de souffrances… Les adultes assiégés par leur quotidien misérable, n'hésitent pas à jeter leurs enfants dans les bras d'esclavagistes pour un salaire dérisoire.

Elle va avoir bientôt dix ans et elle n'est déjà plus en bonne santé. Elle a déjà usé ses poumons aux vapeurs de souffre d'une usine d'allumettes. Des heures à tremper des bouquets de bâtonnets dans un liquide brûlant. Durant des mois, elle s'est levée à quatre heures pour prendre la camionnette de l'usine qui ne ramenait les enfants qu'à la nuit tombée. Des journées d'un labeur exténuant...

Il y a quelques semaines, elle a bien failli mourir. Elle s'est évanouie à force de respirer les effluves nocifs. Comme en pareil cas, le contremaître l'a mise à la porte séance tenante. Pour l'heure, sa santé fragile la tient à l'écart des tâches pénibles. Son petit frère a pris le relais. Il se démène avec ses deux frères et la petite sœur, accrochés à ses basques, essayant de ramener en mendiant une maigre poignée de piastres aux parents. Son terrain de prédilection c'est la gare, avec ses alentours, qui grouillent de monde. Bien sûr le père travaille mais son salaire de portefaix occasionnel ne suffit pas à nourrir la famille de cinq enfants dont Saraswati est l'aînée. La mère n'est déjà plus qu'une ombre.

Saraswati a une amie. Une grande personne très chère à son cœur. La seule qui lui témoigne de la tendresse tant il est vrai qu'ici, les petites filles ne comptent pas... Aux yeux de ses parents, elle n'est qu'une charge ainsi que sa sœur la petite dernière. Quant aux trois frères, ils se partagent le peu d'amour offert par de tels parents. Il n'y a aucune jalousie dans le regard de Saraswati. La jeune femme ne leur en veut pas. Ils n'ont pas choisi d'être ce qu'ils sont.

Elle sait déjà tant de choses.

Cette amie, c'est la sœur Marie des Anges. Elle a quitté sa belle Séville pour vivre avec les gens du quartier, s'occuper avec un dévouement sans limite de tous les déshérités. Sa religion est différente de la sienne mais peu importe ! Cette bonne sœur si dévouée est l'amie d'un docteur qui travaille à l'hôpital Hamidia. Par son intermédiaire sœur Marie des Anges a réussi à lui procurer un appareil respiratoire.

La mère l'a installé en maugréant sur la terrasse et elle a demandé la permission de le brancher sur la prise électrique du voisin. Grâce à cet oxygène, peu à peu, les poumons de Saraswati ont recouvré une partie de leur autonomie. Quand une crise survient, elle fixe le masque sur son joli visage et reprend aussitôt des couleurs. Elle est consciente d'être une privilégiée. Ses amies de l'usine, atteintes aussi par la même maladie, n'ont pas la chance miraculeuse d'être l'amie d'une bonne sœur.

Chaque fois qu'elle observe le ciel, elle remercie son étoile qui, du haut de l'immensité du ciel, préside à la destinée de sa minuscule vie.

J'ai saisi cela en une seconde.

J'ai lu le chapitre de sa mélancolie comme si ces pensées, ces souvenirs fugitifs étaient les miens. Le cinéma solide est une révolution à ce point extraordinaire que j'arrive à capter l'essence même de cette toute jeune personne tout en étant conscient que je suis encore moi.

Un vent léger souffle et elle frissonne. Un vent qui vient du nord. Saraswati se met à tousser. Sa gorge comme c'est le cas à chaque quinte devient alors très douloureuse.

A contre-cœur elle se lève, s'agenouille sur la natte à côté de l'appareil. Elle ajuste le masque sur son nez et branche le système. Puis, allongée sur le dos, le regard perdu dans le ciel, à la recherche de son étoile qui disparaît peu à peu sous la poussée d'un nuage sombre, elle aspire cet air précieux qui l'apaise. Doucement elle somnole, se perd dans son rêve de bonheur où les adultes qui martyrisent les enfants sont bannis à jamais.

Il est tard. La nuit est passablement entamée. La fatigue a eu raison d'elle. Ses yeux cernés alourdis par sa dure journée, sa maladie, se sont fermés.

Curieusement, je demeure le spectateur de cette scène mais je n'éprouve aucun sommeil, à peine une légère lassitude. Pendant que je contemple cette enfant recroquevillée sur sa couche précaire, j'entrevois des visages. Une sarabande de gens que je ne connais pas avec des scènes abracadabrantes qui ne me disent rien. Un brin de conscience ou peut-être est-ce l'opérateur derrière la porte de la salle de cinéma qui me donnent alors la clef de l'énigme. Je suis en train de vivre les rêves tourmentés de la gamine.

La ronde du temps s'accélère. Les visions se superposent en accéléré. Je réalise immédiatement ce qui se passe... Cette fois-ci, c'est bien l'opérateur qui agit. Pour m'éviter de rester des heures au chevet de Saraswati, il accélère le film. J'ai une sensation de vertige mais qui passe rapidement. Soudain tout est redevenu normal. Le temps a repris son cours. La petite fille dort encore. Son masque est toujours collé sur son nez.

C'est le silence de la rue qui la réveille. Il fait encore nuit. Un silence inhabituel pèse sur le quartier. Il n'y a plus de musique. Les étoiles ont disparu comme effrayées par ce qui se passe ici-bas. La petite fille a ôté son masque et elle respire. Il y a quelque chose de différent. Mais elle ne sait pas quoi... Le ciel est sombre et la lune annonce sa présence par une tache jaune qui illumine l'horizon au-dessus de la ville.

Saraswati descend. Les pièces sont vides et elle s'en étonne. Submergée par l'angoisse elle quitte la maison désertée. La rue est obscure. Peu de maisons possèdent l'électricité. Elle aperçoit pourtant à quelques pas une forme allongée dans la poussière. Avec l'innocence de son âge, elle s'approche.
Elle bute sur un objet qu'elle reconnaît aussitôt. C'est une béquille en bois, celle de leur voisin d'en face, le cul-de-jatte. Sous la clarté vacillante d'une ampoule nue accrochée sur la façade, elle l'aperçoit, étalé, les bras en croix sur le sol, le visage blafard et figé vers le ciel.

Elle ne peut contenir un cri de terreur. De mon côté j'ai déjà deviné ce qui se passe. Une certitude s'impose puisque je sais dans quelle ville nous nous trouvons... Nous sommes à Bhopal, une ville du centre de l'Inde de plus d'un million d'habitants. Et bien évidemment, personne ne répond à sa frayeur. Son hurlement devient un long sanglot désespéré. Un rictus d'une intense douleur déforme le visage déformé et cyanosé de ce malheureux. Les yeux exorbités par une douleur atroce semblent vouloir s'extraire de leur orbite. Sous les paupières gonflées, baignées par des larmes encore vivantes, ce regard hébété, fou, reflète une incompréhension manifeste. La bouche est ouverte. Elle déborde d'un liquide épais, jaunâtre, mélangé avec un sang épais. Le vieil homme pue le chou bouilli.

Saraswati se redresse. Son regard accroche un peu plus loin une deuxième forme allongée. Puis une troisième... Une vache squelettique est écroulée et obstrue un passage voisin.

Sa langue, pendouille sur le côté, enveloppée d'une mousse blanche.

Elle est pétrifiée, seule, abandonnée au milieu de ce décor lugubre, apocalyptique. Le poids de sa peur la cloue au sol. Ensuite, l'instinct de survie étant le plus fort, elle retrouve l'usage de ses jambes et se jette dans une fuite éperdue dans ce labyrinthe de rues où les cadavres dessinent une fresque macabre et surnaturelle.

Puisque je capte ses pensées, je discerne aussi que dans son affolement, elle a la présence d'esprit de se diriger vers la maison de sa bienfaitrice.

Durant sa course effrénée, elle se répète à voix haute le nom béni de Marie des Anges, la seule grande personne capable de la protéger, de lui expliquer ce qui se passe... Ce nom qu'elle pleure en courant, à travers ces dizaines de morts qui jonchent les rues, est comme une supplique désespérée afin que quelqu'un vienne la sortir de ce cauchemar.
Mais la maison qui abrite cette femme, cette mère pour les miséreux, est vide elle aussi, vide de personnes vivantes. Car des malheureux ont cru trouver refuge dans cet havre de paix et ils ont été foudroyés à leur tour. Ayant vu la mort venir, ils se sont regroupés ensemble, serrés les uns contre les autres, mains jointes, dans une ultime prière adressée à Vishnou, avant de succomber.

Alors, Saraswati, n'a plus qu'une seule pensée : sœur Marie des Anges doit se trouver à l'hôpital. Cela ne fait aucun doute.
Elle reprend sa course.
A travers ses larmes qui brouillent sa vue, elle aperçoit une femme assise sur le seuil d'une porte. L'ayant dépassée dans sa précipitation, elle revient sur ses pas et lui demande ce qui se passe. C'est une vieille femme. Elle appuie ses deux mains sur sa poitrine et ne cesse de tousser. Entre deux râles,

elle crache du sang et semble sur le point de défaillir. Elle soulève un regard absent sur la petite fille. Elle a encore la force de lui dire que c'est la fin du monde. Il est temps pour chacun de mourir. Puis, à bout de force elle se laisse glisser sur le côté.

Saraswati stupéfaite n'attend point pour reprendre sa course. La moribonde l'a bouleversée. Le monde n'existe plus ? Sa famille, ses amis sont-ils morts ? Est-elle la seule survivante dans cette nuit de ténèbres ?
Quand elle parvient à l'approche de l'hôpital, elle entend du bruit. Un véritable vacarme. Enfin ! se dit-elle... De la vie ! Mais quelle vie ?

Ce sont des klaxons, des cris, des hurlements et des pleurs désespérés, une foule de gens affolés cherchant un secours, un proche. Ajouté à cela, c'est la pétarade des motos, des mobylettes, le vrombissement des voitures bondées crevant la foule pour fuir.

Des hommes, des femmes, des enfants courent, s'éparpillent dans tous les sens. Une foule blessée qui vomit. Une foule de victimes hagardes et déchirées par d'atroces douleurs au thorax. Une foule torturée par des œdèmes pulmonaires, des cloisons nasales perforées avec des oreilles sifflantes. C'est comme un torrent dévastateur qui se fraye un chemin pour atteindre les portes de l'hôpital, pour en pénétrer le cœur.
D'autres personnes, le visage inondé de sueur sous l'effet de subites palpitations sont devenus complètement fous ; ils cherchent désespérément de l'air, avant de s'effondrer sur le sol, terrassés par une syncope.
C'est une nuit de désespoir, de douleur, de peur et de colère.

Nous sommes le trois décembre 1984.
J'avais suivi par les journaux, par la télévision, cette terrible catastrophe. Mais la vivre en direct dépasse de loin ce que je

pouvais imaginer. Je ne sais pas si la terreur que j'éprouve est celle de la gamine, la mienne ou bien les deux réunies.

Saraswati profitant de sa minuscule taille réussit à passer le barrage des portes obstruées par la pression de la foule, à se faufiler à l'intérieur de l'établissement. De toute évidence, le personnel hospitalier est dépassé. Les rares infirmiers ou les médecins présents sont écrasés par la tâche énorme. Dans les salles, les corps s'amoncellent. Les vivants en sursis sont mélangés aux morts sans distinction aucune. Le chaos est indescriptible.

Il y a tant de souffrance et si peu de remèdes... Des bribes de conversations lui parviennent malgré les plaintes des blessés souffrant le martyre. Elle vient de comprendre enfin… Ce n'est pas la fin du monde. Mais la grande usine chimique qui a explosé en libérant un nuage d'un gaz tueur chargé d'acide cyanhydrique. Elle ne sait pas ce que c'est. Mais moi je sais. C'est un docteur qui hurle cela au téléphone. Un docteur qui cherche de l'aide. Un docteur qui réclame des médicaments. Un docteur qui est seul.

Pourquoi cette horreur a-t-elle eu lieu ? Pourquoi les adultes construisent-ils de telles usines ? Le gaz libéré a formé des nuages verdâtres et toxiques qui se sont déplacés au ras du sol, à la merci du vent. Des milliers de gens ont été surpris dans leur sommeil. Principalement dans le quartier nord, le sien. Celui des pauvres pour ne pas changer. A croire que la misère n'attire que le malheur.

Les survivants parlent tous d'une odeur nauséabonde, d'une odeur mélangée d'herbe fraîchement coupée, d'ammoniac. Ceux qui se sont retrouvés prisonniers dans cette nappe meurtrière sont tombés foudroyés. D'autres qui ont eu la présence d'esprit de se plaquer un chiffon mouillé devant le visage ont pu se préserver en partie. Il y en a qui ont eu la vie sauve parce qu'ils se sont calfeutrés chez eux. Certains, et parce qu'ils étaient dans des étages, ont aussi échappé au gaz meurtrier resté souvent plaqué au sol.

A détour d'une salle, parmi un amoncellement de têtes, de bras, de torses, un visage éclairé d'un sourire apparaît enfin. C'est sœur Marie des Anges qui soigne un enfant. C'est aussi sœur Marie des Anges qui meurt. Le poison a eu raison de son courage, de sa résistance. Jusqu'à son dernier souffle, jusqu'à l'épuisement final, elle se consacre encore aux autres.

Ses mains blanches sont comme dans un balai, un rituel au ralenti. Elles continuent à prodiguer des soins, à dorloter, à rassurer, à aimer.

C'est ce qu'elle fait tout au long de sa vie. C'est la seule chose qu'elle sache faire.

Saraswati se précipite vers elle et, secouée par les sanglots, l'étreint de toutes ses forces.

Spectateur de ces retrouvailles émouvantes, je réceptionne mentalement le merci silencieux que la bonne sœur adresse immédiatement à son dieu pour avoir épargné sa protégée, pour lui avoir accordé cette immense grâce. Puis à son tour, elle ne peut contenir davantage ses larmes. Elles sont dans les bras l'une dans l'autre et mélangent leur chagrin et leur tendresse. Soudain, Marie des Anges titube. Sous la poussée de son malaise, elle est obligée de s'asseoir par terre. Une vilaine toux grasse, de très mauvaise augure, secoue ses fines épaules.

Et cette souffrance traverse l'âme de Saraswati comme une écharde mortelle. Désemparée, face à ce nouveau malheur, elle n'a d'autres remèdes à offrir que des caresses, que des baisers trempés de pleurs pour apaiser les derniers moments de celle qu'elle aime le plus au monde.

Je reste là.

Je contemple cette scène figée. L'opérateur a-t-il utilisé sa manette pour accélérer le temps ? Toujours est-il, que plus tard, suivant ma perception, quelqu'un enfin se penche sur cette fragile forme recroquevillée, agrippée à la dépouille de sœur Marie des Anges.

C'est un homme grand, avec une belle barbe et une paire de lunettes en écaille. Il est vêtu d'une blouse blanche, maculée de sang. C'est un docteur de toute évidence.

- Comment t'appelles-tu ?
- Je suis Saraswati.
- Ah ! Bien... C'est donc toi !

Sa voix est grave, pleine de compassion. Avec délicatesse, il se penche et dénoue les mains de la petite fille qui tiennent encore, serrée contre elle, celles de sœur Marie des Anges..

- Notre amie avant de mourir m'a parlé. Elle s'inquiétait beaucoup à ton sujet et elle m'a demandé que je m'occupe de toi. Je lui en ai fait la promesse. Allez viens !

C'est dans la grosse voiture qui plus tard amène Saraswati vers les quartiers résidentiels de Bhopal, qu'il se passe alors cet événement extraordinaire qui déclencha la plus grande révolution de tous les temps. Je réalise que cet événement n'est autre qu'une pensée unique, fugace, rapide, issue d'un sentiment profond. Une pensée qui a fait basculer la planète. J'ai cette fabuleuse chance de pouvoir la capter en même temps qu'elle se répand dans le cerveau de Saraswati. C'est ce que je ressens car je n'oublie pas que je suis au cinéma, et que cette alchimie des neurones a eu lieu il y a fort longtemps.

Saraswati face au constat de la bêtise des grandes personnes, par une volonté, une force nouvelle qui soudainement naît en elle étrangement, cette fillette fragile, ce bout de chou de femme indienne de la caste la plus pauvre, sauvée par un miracle d'un enfer créé par l'incompétence des hommes, le pouvoir destructeur de l'argent, prend alors la décision, cette illustre décision, que dorénavant, elle cessera de grandir. Et qu'elle en restera là ! A l'âge de dix ans, toute son existence.

Elle discerne avec l'acuité de son extrême intelligence qu'être une grande personne c'est la pire chose qui puisse lui arriver. Qu'il est désormais inutile de devenir adulte comme ceux qu'elle connaît. Son amie, sœur Marie des Anges étant une exception, elle sait pertinemment que des êtres de cette fabrication sont extrêmement rares. Quant au docteur, il est encore trop tôt pour se prononcer. Il n'est qu'un homme et cela elle sait ce que cela veut dire.

La séquence s'arrête.

D'autres images se superposent. Je commence à m'habituer à ces manipulations. Il est vrai que ce film est un prototype. Il est évident que les techniciens ont du progrès à faire dans l'enchaînement des scènes.

Cette fois-ci lorsque le décor disparaît j'ai un peu de mal à récupérer. Je suis sonné. On a beau savoir, bien connaître les détails de cette nuit d'enfer, le fait d'y avoir été projeté, d'avoir pu vivre ces terribles événements, cela vous fiche un sacré coup au moral.

C'est arrivé par la faute d'hommes bien pensants, cupides et inconscients. Je comprends mieux la révolte de Saraswati, son renoncement, sa détermination. Je soupçonne que c'est la véritable raison pour laquelle les enfants m'ont installé dans cet extrait du film. Pour que j'appréhende davantage le pourquoi de ce qui s'est passé.

Je suis en phase avec leur volonté. En m'emmenant ainsi sur le tracé de leur vérité, de leur histoire, je devine une façon discrète de m'introniser, et je me surprends à regretter de ne pas être un des leurs. J'aurais tant voulu savoir ce qu'ils vont faire de cette planète. De toute façon je ne pense pas que cela puisse être pire. Nous les adultes, nous en avons bien trop fait... Nous avons dépassé les limites raisonnables dans tous les domaines. La course au capital a tout détruit.

Vont-ils réinventer un nouveau concept autre que celui de l'argent ? Je l'espère de toutes mes forces. S'ils y arrivent c'est qu'ils sont de véritables petits génies. Il est clair que les gosses ont eu raison de nous arrêter.

A l'aube du XXI siècle la nature à force d'assauts systématiques a montré ses premiers signes d'agonie. Nous autres les adultes avons été incapables de nous mettre d'accord sur une politique pour la protection de la nature. Nous avons été aveuglés par notre rapacité et avons continué à déverser le pétrole dans les mers, à empoisonner la végétation, à faire fondre les pôles, à contaminer des régions, à assécher des mers, à détourner des rivières, à réveiller des ouragans, à fabriquer des inondations, à exterminer les êtres les plus fragiles, les animaux et les hommes les plus pauvres aussi, en nourrissant les guerres et j'en passe encore tant la liste est longue.

Il est vingt-deux heures. Je n'ai rien mangé. Mais je n'ai pas faim. J'ai encore devant les yeux les scènes de Bhopal. Je ne pensais pas que cela me remuerait autant. Cet après-midi, c'est comme si j'avais subi un électrochoc. De nombreuses scènes me reviennent en mémoire. Mon cerveau a ouvert des tiroirs qu'il croyait pourtant définitivement fermé.

Je me souviens du déroulement des événements comme si c'était hier.

Hier soir c'était le réveillon. La fête des adultes et ils en ont profité. Mon grand-père a bu trop de vin et il est parti se coucher comme d'habitude. Ma grand-mère a continué à s'amuser. Elle s'est déguisée pour faire la danse du ventre. C'est une rigolote et je l'aime beaucoup.

Je suis coupé en deux avec mes sentiments. Je sais que notre action est indispensable pour l'avenir. Beaucoup d'adultes vont souffrir ainsi que des millions d'enfants. Mes parents, les tontons et les cousines ne seront pas épargnés. C'est pour cette raison que je suis mal.

C'est sûr, ma grand-mère qui adore les enfants et qui ne vit que pour eux, va être ravie… Mais je me dis, pas forcément tout le temps. On verra bien ! Mais pour tous les autres c'est moins sûr. Mon père qui s'est fait tout un cirque dans sa tête, et qui voit que je suis fort en calcul, a déjà raconté à tout le monde que plus tard je serais ingénieur à l'école Polytechnique. Le pauvre… s'il pouvait se douter…

Aujourd'hui il neige sur tout le pays et le jardin est blanc. Et ça m'a rendu encore plus triste. Mais je sais que cela va passer. Pour la fête de Noël j'ai eu des livres : « Le livre de la jungle » plus un bel atlas que j'avais souhaité. J'ai eu aussi des sous pour mon carnet de caisse d'épargne et plein de jeux. Mais je n'ai pas envie de m'amuser. Je veux juste rejoindre Saraswati et ça c'est mon idée pour le futur.

Troisième séance
(Retour en Juin 1981)

Le silence couvre le camp d'une chape de plomb. Le silence d'abord de la nature. Pas un souffle de vent. Juste le silence de la chaleur qui écrase, assèche, tue. Puis le silence de ces milliers de paquets accroupis sur la route rocailleuse. Ces paquets sont couverts de haillons, ils ont la respiration lente, moribonde. Ces milliers d'affamés qui n'ont même plus la force de lever les yeux vers l'hélicoptère qui vient de se poser.

Je sais où je me trouve. Comment oublier un tel épisode ? Ces yeux vides de ces milliers d'hommes, de ces femmes, de ces enfants qui ne comprennent pas pourquoi on ne leur vient pas en aide puisqu'ils ont réussi l'exploit surhumain d'atteindre le camp des réfugiés, après des semaines d'une marche aux limites de l'enfer. Sans manger, sans boire, le long des chemins, des sentiers, ils ont abandonné un parent, un proche qui n'a pas pu aller plus loin. Les villages de la région, les routes sont jonchées de cadavres. La famine, la grande dévoreuse s'en donne à cœur joie.

Du ventre de l'hélicoptère un homme gris bardé d'appareils photographiques saute lourdement sur le sol.
Je suis cet homme… Je me reconnais. Aussitôt grâce au tour de passe-passe de l'opérateur, je me fonds en moi-même pour redevenir spectateur à travers le regard de ma propre image. Je me souviens qu'il n'était pas encore question des enfants et de leur refus de croissance.

Je m'éloigne rapidement. Immédiatement je me dirige vers ces gens et j'entreprends de mitrailler la plage humaine à l'agonie. L'angoisse de cette vision partiellement digérée, j'ose ensuite m'avancer parmi eux. L'œil collé à mon viseur, de temps à autre, le déclencheur de l'appareil signale que je viens de voler au temps une seconde de son éternité, l'image du visage d'une femme épuisée, hagarde, l'image d'un bébé inerte couvert de mouches, l'image d'un vieillard décharné, digne, accroché à son bâton de pasteur.

J'aperçois plus loin un groupe qui semble affairé autour de quelqu'un. C'est un infirmier éthiopien accroupi. Il palpe un enfant inanimé qu'une mère tient faiblement serré contre sa maigre poitrine. M'apercevant, ce dernier se relève, pousse un long soupir de lassitude ou d'écœurement et abandonne l'enfant à son destin. La mort est là. Il n'y a rien à faire...
- Prenez ceci en photo Monsieur ! dit-il.

Il ouvre la main et apparaît un bracelet blanc en plastique. Je brandis mon reflex. Clac sur la main ! Puis clac sur le visage épuisé de l'infirmier et je demande :
- C'est quoi ?
- C'est la vie Monsieur ! Je remplace Dieu... Je dois trier ceux qui peuvent survivre et donc ceux qui doivent mourir. Ce bracelet c'est le passeport pour l'hôpital, pour la vie. Ils sont trop nombreux, des milliers ! Nous ne sommes qu'une poignée. Photographiez mon ami ! Et dites bien aux autres ce que vous voyez.

L'homme n'a plus assez de colère en lui. Puis il m'oublie et retourne à sa tâche.

L'hélicoptère va repartir. Dans un tourbillon de poussière, il prend de la hauteur et bientôt il n'est plus qu'un point dans le ciel gris de chaleur. Je me souviens de ce moment-là. J'ai décidé de rester sur place quelques jours supplémentaires pour étayer mon reportage. Et logiquement, je retrouve cette impression d'abandon profond qui avait été la mienne en scrutant l'insecte de ferraille disparaître dans cette nuit qui entame son tableau.

L'infirmier n'en peut plus... Mais dans sa poche il a encore un bracelet. Encore une vie à sauver. Demain le médecin lui en donnera d'autres.

Une fillette d'environ dix ans, agenouillée près d'une citerne d'eau mais polluée, l'unique du camp, attire son regard. La petite fille est squelettique. Drapée dans sa robe blanche en lambeaux elle est coiffée de deux tresses en arrière. Elle fait quelque chose de particulièrement insolite ici. Elle donne à manger à un bébé nu qu'elle a posé sur le sol. Ici personne ne mange puisqu'il n'y a rien Nous approchons doucement. Le nourrisson ne bouge presque plus. Son petit visage est inerte, de la salive coule sur ses joues terreuses. L'infirmier s'interpose :
- Que lui donnes-tu ?

D'immenses yeux noirs se posent alors sur l'adulte. Elle répond et tend sa main :
- Juste ça !

Ce sont des graines de blés. La petite fille tente de les faire avaler au nourrisson.
- Où les as-tu trouvées ?

Elle le regarde étonné. Elle a du mal à articuler. Elle ouvre la bouche puis elle la referme comme pour renoncer. Mais l'homme insiste :
- Alors ?
- Un camion sur la route... Il était rempli de sacs. Il était arrêté puis il est reparti. Les graines sont tombées sur la route.

L'infirmier a hoché la tête. Sans doute, explique-t-il, a-t-elle rencontré un camion humanitaire ? Mais la petite fille qui ne connaît que les galettes de teff, de maïs ou de sorgho, ne sait pas que le blé est une nourriture d'homme blanc et qu'il se consomme sous forme de farine.

- Y avait-il d'autres camions ?
- Non ! Juste celui-là.

L'infirmier poursuit son idée. Le camion a été détourné par un bandit, un de ces seigneurs de la guerre qui ponctionne régulièrement sa dîme sur l'aide humanitaire pour son clan. Le blé sera transformé en farine sur le marché à Agordat ou ailleurs et revendu à un prix exorbitant.
- Il ne faut pas donner ça au bébé. Cela va le tuer.

Il est sur le point de rajouter que c'est du lait qu'il faut à cet enfant. Mais à quoi bon ! Je suis encore surpris d'avoir saisi la pensée de quelqu'un d'autre. Ce cinéma solide est une sacré trouvaille. Le seul lait qu'il possède en quantité est en poudre mais il n'y a pas d'eau potable. Il attend vainement depuis plus de deux jours un camion citerne.

L'infirmier prend délicatement l'enfant dans ses bras et il l'examine. Il respire faiblement et il vient de vomir. Il sent mauvais.
- Tu lui en as donné beaucoup ?
- Non ! Quelques graines...

Elle hésite. Puis elle rajoute gênée :
- Les autres je les ai mangées.

Il la rassure :
- Tu as bien fait. Mais pour ta petite sœur c'est plus gênant. C'est pour cela qu'elle est malade.

L'infirmier se relève lentement. Il a mal au dos à force de se pencher sur ces misérables. Je contemple cette unième scène pitoyable. Clac ! Une autre image volée par mon appareil... La fillette a repris sa sœur et la tient dans ses bras. Pour la protéger contre ces adultes qui les laisse crever. Les grands yeux noirs dévisagent l'homme. Elle sait qu'il est seul avec sa décision, avec son dernier bracelet qu'il tient caché au fond de sa poche.

Il ne peut se soustraire au regard accusateur de cette enfant.

Enfin, il prend sa décision. Il attache le bracelet au bras du nourrisson, fait signe à ses deux assistants de l'amener dans la baraque, avec le groupe qui doit rejoindre l'hôpital.

La fillette ne s'est pas accrochée à sa petite sœur mais elle sait que c'est bien pour elle. Sans ajouter un mot, elle s'est recroquevillée sur le sol dans la position du fœtus. Elle a caché son visage creusé dans ses mains écorchées et noircies de terre à force de trébucher. Pour ne plus voir ce monde.

Nous restons là, devant elle. Puis, je recule et je prends une dernière photo avant de rejoindre les autres. Mais devant la porte du dispensaire je me retourne. L'infirmier s'est penché et parle encore à la fillette. Je vois qu'il lui prend les mains et l'oblige à se lever. Il y a plusieurs jours qu'il ne pense qu'à ça ! En sauver au moins un puisqu'il ne peut pas les prendre tous chez lui.

- Je reverrais ma sœur ?
- Demain j'irai voir le docteur qui va la soigner.
- Où allons-nous ?
- Chez moi ! Ma femme va s'occuper de toi en attendant que tu puisses récupérer ta sœur. Comment t'appelles-tu ?
- Silène
- Tes parents où sont-ils ?

Il se doute de la réponse mais il est nécessaire qu'il la pose. Elle répond comme une évidence.
- Ils sont restés sur le chemin. Alors j'ai continué avec ma sœur.

La séance est terminée. Sara m'a raccompagné. Je me suis retrouvé dans ma chambre dénudée. Avec mon dîner. Avec mes souvenirs. Allongé dans mes draps froids, les yeux fixés sur le plafond laqué, brillant, éclairé par un rayon de lune je me fais mon propre cinéma. Ce que le petit metteur en scène a oublié, c'est ce qui s'est passé ensuite.

Le nourrisson est mort dès son arrivée à l'hôpital.
La gamine est restée un temps dans la famille de l'infirmier. Puis elle a été placée chez quelqu'un d'autre. Un ami à un ami de l'infirmier, de pauvres paysans montagnards, loin de chez elle, après un pénible voyage en camion. Dans cette famille elle a servi de bonne, plutôt même d'esclave. La nuit elle couchait dans une cabane au fond d'une cour insalubre. Les hyènes, les bandes de chiens fous, rôdaient autour et la terrorisaient.

La journée, elle descendait dans la plaine, puiser l'eau d'un lac. Un parcours épuisant... Un morceau de tissu pour filtrer le précieux liquide servait ensuite à protéger le creux de ses reins lors de la remontée. Mais elle n'avait rien pour son dos, ses épaules, et la corde déchirait sa peau. Sur ses joues meurtries par la saleté et la vermine, les larmes qui coulaient étaient celles de sa douleur, du désespoir.

Elle se sauva à la fin de l'hiver et suivit une route qui la mena droit vers une agglomération du nom de Debrezert. Ce jour-là, sur la place, un homme venait d'être pendu pour l'exemple. Parmi les lépreux, les borgnes, les estropiés, les syphilitiques qui se traînaient dans la boue, elle se trouva perdue dans un univers d'adultes, de puanteur et de misère. Épuisée, elle s'installa sur un coin de trottoir entre une pile de tomates et un monceau de crottin d'âne et elle mendia. La nuit, elle trouva un refuge dans une ruelle où dormaient d'autres parias et poursuivit ainsi son tragique chemin.

Puis un jour, elle reprit sa marche. Elle suivit une autre route et débarqua dans un autre monde, celui d'une ville qui se nommait Adis Abebba. Elle survécut comme un brin d'herbe parmi un désert de cailloux. Puis, un soir, elle fut ramassée par une patrouille et elle eut la chance extraordinaire d'être placée dans un orphelinat sordide où régnaient la terreur et l'humiliation. En contrepartie, Silène apprit à lire, à écrire. Elle était aussi d'une rare intelligence. Elle progressa vite. Remarquée par l'instituteur, elle bénéficia de sa protection. Cet homme avisé ouvrit la fontaine de la connaissance en lui apportant des livres régulièrement.

Pourtant elle n'avait pas envie d'être grande, de rejoindre ce monde de brute. Elle refusa de grandir et préféra, à son tour, demeurer une enfant.
C'était la solution qu'elle avait trouvée.
L'unique solution.

Elle se croyait seule et elle avait tort.

Papa s'est imaginé que je ne serais pas atteint par ce qu'il appelle le phénomène. Il a dit à la télévision que cela devait « statistiquement » se stabiliser.

C'est la phrase qu'il a utilisée. Mais je me demande si c'est réellement ce qu'il pense. Ou fait-il semblant pour se donner du courage ?

Dans quelques mois les adultes vont se rendre à l'évidence. Ils vont s'apercevoir que nous avons cessé de grandir, sans exception, des capitales les plus peuplées au dernier coin de désert. Il va se passer des choses terribles. C'est pour cela que je dois rejoindre Saraswati. Elle a besoin de moi, de Silène, des autres. Mais nous deux c'est plus fort que tout le reste. Ce n'est pas notre faute. Nous devons nous rejoindre car nous ne faisons qu'un. C'est une force extraordinaire qui nous attire l'un vers l'autre. Nous ignorons pourquoi cela est arrivé. C'est comme ça ! Nous ne savons pas comment faire pour voyager et pour nous retrouver. Saraswati m'a dit que nous devions être patients et attendre.

Cette fois-ci je suis à Paris. Dans un bureau dont j'ai oublié le décor. Je dis Paris car à travers la fenêtre j'aperçois le jardin du Luxembourg. L'homme qui me parle c'est André. Un collègue qui travaillait au journal le Monde. Mort bien plus tard dans une embuscade à Bagdad.

- Quel âge aurait cette gamine, Saraswati ? me demande-t-il.

- La catastrophe a eu lieu en 1984. Nous sommes en 2005. Elle a trente-et-un ans mais son physique c'est celui d'une gamine de dix ans. Les personnes que j'ai interrogées ont témoigné dans ce sens. Elles sont formelles. J'ai même vu ses papiers d'identité. Là-bas à Bhopal elle est devenue une curiosité. Elle est vénérée comme une déesse. Elle a fait des études de chimie et elle est extrêmement savante. Malgré son manteau de diplômes elle reste cloîtrée ou presque dans la villa de son père adoptif. Ce médecin ! Il la protège.

- Il l'étudie par la même occasion ?

- Il dit que non ! Mais sa curiosité est mise à rude épreuve. Ce cas est inexplicable... Il est difficile de dire qu'elle est malade alors qu'en dehors de cette anomalie sa santé est parfaite. Son quotient intellectuel est impressionnant. Elle ne cesse d'accumuler des connaissances gigantesques dans tous les domaines. Mais, mentalement, elle est restée une fillette. On pourrait croire qu'elle est atteinte d'une nouvelle forme du syndrome de Peter Pan. Ces adultes qui refusent de grandir, qui se réfugient pour fuir la réalité dans le rêve et dans des comportements immatures. En ce qui la concerne c'est une autre dimension. C'est surnaturel. Cette petite ou cette jeune femme, je ne sais pas comment la nommer, ne cherche pas à fuir la vie. Bien au contraire ! Elle a des avis pertinents sur les questions cruciales qui préoccupent notre planète, que ce soit en art, en musique, politique, économie, sciences ou écologie... Le regard qu'elle porte sur tous ces problèmes c'est celui d'une enfant. Elle possède une vision totalement humaniste. Une vision simple, logique. J'ai eu parfois l'impression d'être jugé, examiné, disséqué par ce petit bout de femme. Elle a un regard étonnant puissamment révélateur sur sa personnalité. Je me suis demandé si elle disait tout ce qu'elle pensait comme le font les enfants. Mais sur ce plan j'ai des doutes, je peux te l'assurer.

- Je vois mon vieux qu'elle t'a fait une sacrée impression. Et l'autre gamine ? La petite éthiopienne...

- Je l'ai rencontrée une première fois en 1981 lors d'une grande famine du Sahel. A cette époque j'étais photographe et je couvrais l'événement à mon compte. Puis, je l'ai revue en 1996 par hasard. Je l'ai reconnue immédiatement et elle aussi. Elle se souvenait très bien de mon appareil et du bruit qu'il faisait et qui troublait le silence du camp. Elle a cessé de grandir le jour où sa petite sœur est morte. Elle est douée d'une intelligence hors norme. C'est le même cas… Elle a la trentaine et bosse dans un laboratoire de recherche à Addis Abeba avec des scientifiques russes. Ils l'ont pris en charge et eux ne se cachent pas pour dire qu'ils l'étudient. Mais ils n'ont aucune explication à donner. Le constat est simple... Elle a cessé de grandir. C'est tout ce qu'ils peuvent affirmer. Par contre, elle avoue volontiers que c'est bien elle qui l'a décidé ainsi et qu'elle se souvient parfaitement du jour, et même du moment exact, où elle a pris cette décision. C'est hallucinant !

- Et alors ?

- C'est troublant. J'ai reposé la même question par téléphone à Saraswati. Elle aussi se souvient exactement de cet instant. Ce qui prouve qu'il existe une réelle corrélation entre toutes les deux.

- Comment l'as-tu rencontrée la deuxième fois ?

- Je te l'ai dit... Par pur hasard lors du tournage d'un film documentaire sur les hauts plateaux d'Éthiopie. J'ai fait la connaissance d'un professeur, archéologue amateur, qui m'a parlé d'elle et qui m'a permis de la rencontrer sans savoir au départ qui elle était. Ce prof m'a mis la puce à l'oreille. Il savait qu'elle ne grandissait plus. Lorsque je me suis trouvé en sa présence, je l'ai reconnue, moi aussi. Mais je n'ai pas voulu lui dire que je connaissais un autre cas similaire au sien. Une petite indienne du nom de Saraswati. J'avoue que j'ai senti le « scoop » de ma vie.

- Qu'as-tu fais ensuite ?

- Ce que tout bon investigateur doit faire. J'ai enquêté. Dans l'année qui a suivi j'en ai retrouvé une dizaine. Notamment en Égypte, à Louksor. Une fille encore et du même âge avec le même profil, la même intelligence. Contrairement aux autres, elle n'avait pas vécu directement une catastrophe. C'était la seule différence. Si l'on considère que vivre de manière misérable c'est aussi terrible, alors on peut établir sans aucun doute le lien. Un enfant qui souffre par la faute des adultes… Elle s'appelle Néfertari. Mais je suppose que ce n'est pas son véritable nom. Elle n'avait aucun papier et ne connaissait pas sa date de naissance. N'ayant pas eu la chance d'étudier, comme les deux autres, du matin jusqu'au soir, elle harcelait les touristes qui descendaient des autobus pour visiter une fabrique de papyrus. Sa vivacité d'esprit, sa facilité d'expression dans les langues faisaient l'admiration des gens qui se laissaient prendre à son boniment. Elle leur vendait des marque-pages, des images, des petits bouts de papyrus qu'elle se procurait à bas prix et qu'elle revendait au prix fort. Elle savait y faire pour apitoyer son monde. Elle était vêtue d'une robe en coton gris sale, toute déchirée. Elle était pieds nus mais l'on entendait qu'elle, et l'on ne voyait que ses grands yeux. Elle était minuscule et parmi ces troupeaux de touristes, tous ces personnages immenses par rapport à sa taille, c'était un véritable spectacle. Elle adorait se faire prendre en photo moyennant bien sûr un billet. Tiens ! La voilà...

- Mais les gens savaient-ils qu'elle ne grandissait pas ?

- Les guides qui faisaient ce travail depuis des années s'en étaient rendus compte. Mais ils avaient l'air de prendre cela à la légère. Le fatalisme musulman vraisemblablement.

- Comment l'as-tu trouvée ?

- Pour mon enquête j'ai constitué un réseau d'informateurs avec notamment des gens qui voyageaient beaucoup. C'est un gars qui bossait pour une agence de voyage qui m'a appelé lors d'un retour en Égypte. Un guide lui a parlé de la gamine. Je me suis rendu aussitôt sur place. Et puis j'ai parlé à sa mère. Une pauvre femme accroupie de l'autre côté de l'avenue au pied d'un palmier, à même le sol. Pendant que les touristes achetaient des papyrus, je suis resté dehors et j'ai pu l'observer. De temps à autre, elle la rejoignait et elle lui confiait l'argent qu'elle avait ramassé. En observant le manège j'ai vu qu'elles étaient surveillées, protégées par un militaire. Tu sais, un de ces types à la solde misérable. Je l'ai vu traverser avec sa mitraillette à la peinture écaillée, à l'uniforme bleu marine crasseux. Il s'est penché et la mère lui a tendu du fric et un paquet de bonbons qu'une touriste belge avait offert à la petite. Ce système de corruption est courant dans ces pays de pauvreté sociale.

- Tu lui as parlé ? Je veux dire à la gamine…

- Quand on lui demandait son âge elle répondait qu'elle avait douze ans, parfois dix ou onze. Mais moi je lui ai fait comprendre que je savais. Que je connaissais aussi d'autres enfants ! Alors elle m'a dit qu'elle avait décidé un jour de ne plus grandir. Elle a avoué qu'elle avait agi de la sorte pour continuer à émouvoir les touristes et poursuivre ainsi son petit commerce. C'était elle qui nourrissait la famille. C'est Allah qui me protège ! avait-t-elle dit. Édifiant non ?

C'est la panique dans la ville. Chaque année c'est de pire en pire... C'est bientôt le 25 décembre mais plus personne n'a envie de fêter Noël.

Nombreux sont les adultes qui maintenant se méfient des enfants. La peur s'est mélangée à l'amour et ça occasionne des réactions curieuses.

Maman me répète qu'elle m'aime toujours autant et que cela ne change rien. Mais quand même, parfois, elle me regarde drôlement. Pourtant c'est elle qui affirme que j'ai un regard bizarre. Et là je crois qu'elle a raison car j'ai changé. Je ne suis plus le même. Je ne suis plus un petit garçon. C'est vrai que ce n'est pas évident d'avoir un physique d'enfant quand on a quatorze ans. En plus, la distance qui me sépare de mes camarades de classe plus âgés et qui ont continué à grandir, creuse une fossé de plus en plus grand. Ces enfants-là ne comprennent pas ce qui se passe et beaucoup nous refoulent. Ils nous détestent et nous le font sentir cruellement dans les cours de récréations. D'ailleurs dans tous les lycées c'est une pagaille monstre. Mais je dois avouer que je m'en fiche. Je connais déjà tellement de chose.

J'apprends très vite... Contrairement il y a quelques années, cela rend papa inquiet. Il ne fait plus de projet en ce qui me concerne.

Pourtant je suis de plus en plus fort en mathématiques…

Je sais qu'il a rencontré Saraswati, Silène et tous les autres. Il est devenu célèbre et il passe très souvent à la télévision. Cependant, quand il me demande pourquoi nous faisons ça, je suis bien obligé de me taire. Et je vois bien que je lui fais de la peine.

Après une longue nuit agitée, sans sommeil, à me retourner mille fois dans mon lit, je suis devant mon petit déjeuner et le goût du chocolat ne passe pas. Je refuse de continuer ce cirque. Ce cinéma est trop réaliste, trop éprouvant pour moi. Il me pousse dans mes ultimes retranchements, dans des souvenirs douloureux que je croyais avoir enfouis dans le matelas de ma peine. Je suis vieux et je désire mourir en paix. Ce n'est pas parce que je suis le dernier des adultes que cela doit être différent pour moi. Je ne veux pas être une sorte de héros, un personnage historique. Je ne suis qu'un ancien journaliste, un vieillard, une future tombe.

C'est à contrecœur, dès que je suis prêt, que je rejoins Abaï Bator qui m'attend.

Il s'est assis à côté de moi dans cette salle lugubre et froide. Nous sommes comme des fourmis écrasées par le volume de cet endroit. Je sais que je vais céder. Je sais que je vais me calmer. Je sais que je vais continuer. Mais avant d'aller plus loin, j'explique à Abaï ce qu'ils ont oublié. Je lui répète avec forces et détails tout ce qu'ils n'ont pas su trouver dans mon inconscient. A croire que ce n'est pas si facile de fouiller le cerveau d'un être humain. A croire que les petits caïds de savants, que les mômes croient être, ont encore beaucoup à apprendre. C'est aussi pour cela, sans doute, par cette fierté qui m'habite, pour leur montrer que je possède toujours un certain ressort, que j'ai changé d'avis.

Je vais continuer leur petite expérience.

Alors je raconte et il m'écoute... Je sais que mes paroles partent directement dans l'ordinateur du film.

- Pour mon enquête, à l'époque, je n'ai eu qu'à suivre la trace des catastrophes écologiques, des guerres, des attentats terroristes, des lieux où les enfants souffraient, là, où ils étaient opprimés. Je n'ai eu que l'embarras du choix. La planète était une poubelle, un vaste chantier de démolition de la nature, un champ de bataille. Mais j'ai pu prouver que le phénomène avait commencé à Bhopal. C'est la jeune Saraswati qui a été la première. Ensuite j'ai découvert en Colombie le premier garçon, Pablo, dans la ville d'Arméro. Il avait été enseveli sous une boue brûlante. Le volcan Nevada del Ruiz avait fait éruption et il avait recouvert une petite ville de cinquante mille personnes qui n'avait pas été évacuée. J'ai trouvé ensuite un autre gamin, un russe. Il a cessé de grandir le lendemain du vingt-six avril 1986, jour où la centrale nucléaire de Tchernobyl a explosé. Une boule de feu a soulevé le couvercle en béton du réacteur nucléaire. Le vent a transporté la radioactivité sur une vaste étendue de l'Europe en contaminant la nature et les hommes. Plus tard en Californie, j'ai rencontré aussi une fillette avec son frère jumeau. Eux avaient refusé de grandir le jour de la mort de leur institutrice qu'ils aimaient beaucoup. Elle avait péri lors de la célèbre explosion de la navette spatiale Challenger qui s'était envolée avec sept personnes à son bord. C'était le 28 janvier 1986. Quelques temps après à Londres, une autre fillette Olga m'a confié la même chose. Elle avait vu mourir ses parents dans l'incendie de la station du métro de King's Cross en novembre 1987. Il n'y avait pas de système en état contre l'incendie. Peu après, la même année une autre enfant a échappé au naufrage d'un ferry le sept mars exactement. Le Hérald of Free Entreprise. Il était parti de Belgique pour rejoindre Douvres. Il a sombré dans la Manche. Une porte était restée ouverte. L'eau s'est engouffrée par cette voie. Et puis encore en décembre de la même année a commencé à Jérusalem l'Intifada, la « guerre des pierres » menée par les enfants palestiniens contre les soldats israéliens. Là aussi des enfants ont cessé de grandir. Il y en a eu d'autres avec diverses calamités, des actes incompréhensibles accomplis par des fous isolés ou des groupes organisés de terroristes, d'inconscients qui ont semé, sans état d'âme, la mort, la désolation. Ce crash aussi d'un Boeing 747 ! Certainement une bombe au-dessus de la ville de Lockerbien en Écosse. Et la même année des inondations au Bangladesh, la fin de la guerre Iran Irak qui a fait à elle toute seule des millions de morts. J'ai trouvé aussi un jeune chinois qui avait eu son frère tué par les soldats communistes lors du massacre des étudiants sur la place Tian'Anmen. Depuis toujours, partout, la cruauté et la bêtise de l'adulte se sont manifestées. Des enfants ont été contaminés par cet étrange phénomène. Il y a eu tellement d'événements, la guerre du golf, le chaos du pays albanais avec les bateaux de réfugiés vers l'Italie, la guerre en Bosnie où l'armée serbe a commis des atrocités pour établir sa suprématie raciale, partout... Le Rwanda en Afrique ou les Hutus ont fait périr leurs frères Tutsis à coups de machette. Des milliers et des milliers de morts. Partout la bêtise ! Partout l'horreur ! Partout la mort ! Et la liste est interminable. Il y a ceux qui tirent au fusil dans les écoles d'enfants, les sectes qui se suicident par le feu, brûlant les femmes et enfants. Plus j'en cherchais, plus j'en trouvais. Plus tard encore il y a eu à New York l'attentat contre les tours jumelle du World Trade Center, l'attaque du métro à Madrid et les attentats des djihadistes qui ont semé la terreur partout dans le monde. Dans ces années-là, personne n'y prêta attention. Les enfants essayaient de se cacher, de rester discrets, souvent protégés par leur entourage. Étrangement les médias ne les avaient pas repérés. J'ai allumé la mèche. Ce sont mes articles, mes films, mes photographies qui ont déclenché le processus. Quand j'ai eu assez de preuves, j'ai rendu publiques mes recherches. Et je suis devenu célèbre du jour au lendemain. Les ennuis de la planète ont débutés. Les miens aussi...

- Que s'est-il passé ?

- L'information s'est alors propagée comme un tsunami en quelques heures. L'effarante vérité fit la une sur les réseaux sociaux, sur les millions de téléphones et de tablettes. Sous l'impulsion de mes articles l'organisme mondial s'est mis immédiatement au travail avec le plus grand sérieux. Trois années d'enquêtes furent nécessaires depuis le jour de cette célèbre émission de télévision qui avait annoncé pour la première fois l'ahurissante nouvelle. Dès lors, une course folle eut lieu pour tenter de lutter contre la propagation de cet incroyable phénomène. En vain ! La pandémie avait pris des proportions gigantesques même dans les parties les plus reculées du globe. La politique draconienne de la mise en quarantaine dans les pays organisés, les plus impitoyables, ne servit strictement à rien... Cette solution, heureusement, fut abandonnée par les autorités de l'époque. Les centres dits d'isolation furent aussitôt fermés. Des milliers, pour ne pas dire des millions d'enfants furent contaminés.

Abaï Bator qui m'a écouté sans interrompre le fil de mon discours tient à préciser, à juste titre :
- Nous n'avons jamais été malades. Vous le savez ! Le terme de « contamination » est impropre.
- Certes... Pourtant il faudra bien que vous m'expliquiez, avant que je ne meure, comment vous avez fait pour cesser de grandir ?

Le jeune directeur a une moue gênée et répond :
- Veuillez continuer, soyez aimable.
- Que disais-je ? Ah oui ! Les chercheurs donnèrent un nom à ce mal, qualifié de satanique par les religions : le R.C. ou le « refus de croissance ». Par contre, ils furent incapables de trouver son mode de transmission. Mais cela je ne vous l'apprends pas non plus... Quant au remède, quant à la parade, de nombreuses pistes furent étudiées mais elles restèrent toutes dans l'impasse malgré les budgets colossaux des gouvernements les plus riches. A côté, ceux utilisés pour la recherche pour les maladies comme le sida, pour le cancer ou la mucoviscidose, semblèrent dérisoires. Il n'y eut, à l'issue de ces trois années, qu'une seule certitude : aucun enfant de moins de dix ans ne pouvait y échapper. L'espèce humaine était condamnée. Quelques faux penseurs émirent l'idée saugrenue que la même chose était arrivée autrefois aux dinosaures. Les explications, les hypothèses farfelues firent la joie des journaux. Les années suivantes ce fut la panique générale. Les valeurs morales furent sérieusement

ébranlées. Des adultes refusaient de se mettre en ménage et d'avoir des enfants. La mode fut au célibat. Le marché de la contraception explosa. Des chercheurs planchèrent sur des moyens plus performants, plus vendeurs, chacun désirant se faire opérer pour ne plus risquer de procréer. Le prix des interventions grimpa en flèche. Cette pratique devint un luxe raffiné. D'autres, à l'opposé, s'en fichaient ou refusaient la vérité, en croyant que leur futur enfant passerait au travers, que cela n'arrivait qu'aux autres. Il y eut aussi des parents, des mères qui profitèrent de la situation et qui par un amour égoïste, maternel immature, n'hésitèrent pas à enfanter afin de garder dans le cocon familial des enfants éternellement jeunes. Des communautés religieuses virent aussi dans ce phénomène la main de Dieu plutôt que celle du démon. Mais dites-moi, à ce sujet, mon cher Abaï, croyez-vous en Dieu ? Avez-vous une religion ? Mais, bien entendu, vous n'allez pas me répondre !

- Continuez mon ami ! Ne vous laissez pas distraire par toutes ces questions qui vous savez bien n'intéressent pas les enfants.

Je m'entends répondre du tac au tac avant même de réaliser l'impertinence de ma réplique :

- Ou qui font semblant de ne pas s'y intéresser quand un adulte est là pour les écouter.

Bien évidemment, il ne daigne pas répondre. C'est moi le plus gêné et je reprends aussitôt mon récit pour meubler ce silence qui m'énerve de plus en plus

- Des tendances diverses donnèrent lieu à de nombreux débats passionnés tant à la télévision que dans les émissions de radio ou dans des lieux publics. Les médias trouvèrent dans ceci une inépuisable source d'inspiration. Ils en firent un phénoménal commerce. Ils organisèrent d'innombrable face-à-face avec des spécialistes, des hommes politiques, des médecins, des sociologues, des militaires, des prêtres, des parents ainsi que des tas d' intervenants de tout poil. Ces interminables discussions stériles firent la joie de tous les écrans, quels qu'ils soient. Les enfants de moins de dix ans, appelés eux aussi à ne plus grandir dès qu'ils auraient atteint l'âge limite étaient invités dans l'espoir permanent que l'un d'eux lâche un indice sur le pourquoi du phénomène. Tandis que les autres plus âgés, qui ne grandissaient plus, refusaient d'aller sur les plateaux de télé ou de se laisser interviewer. A l'exception de quelques uns, une poignée et bien sûr toujours les mêmes. Saraswati, Silène, mon fils Mathis et d'autres. Par le chemin connu de la médiatisation ils devinrent des personnages incontournables de la vie publique, les chefs de file de cette population infantile qui semblait prendre, par la force des choses, de plus en plus de place dans la société. Ces enfants bénéficiaient au cours de ces émissions d'une protection policière car ils étaient souvent pris à partie par des mouvements hostiles, des extrémistes, des religieux ou plus communément par des représentants typiques de la bêtise humaine. Une évidence toutefois s'affichait devant les caméras. L'attitude des enfants restait partout similaire... Ils arboraient aux USA, en Europe, en Asie, en Afrique, n'importe où, le même mutisme, parlant avec parcimonie, toujours avec des phrases courtes jetées avec un à-propos qui étonnait, avec ce sempiternel arôme énigmatique qui se dégageait de leur petite personne. Ils souriaient, restaient charmants même dans les circonstances les plus pénibles, les plus houleuses sans jamais se départir d'une étonnante politesse. Beaucoup donnaient l'impression d'être surdoués. Saraswati et Silène furent les plus célèbres à cause de mon film même si plus tard elles se montrèrent peu devant les objectifs, affirmant qu'elles ne comprenaient pas ce qui leur était arrivé. Le mieux qu'elles puissent faire pour le bien-être de la société, pour aider autrui, affirmaient-elles, était d'approfondir leur connaissance. Dans l'attente de quoi leur demanda sur une chaîne un jeune journaliste ? Ce jour-là, devant des millions de téléspectateurs, il n'y eut pas de réponse. A peine un sourire angélique auréolé d'un silence planétaire aussi lourd que le passé de l'humanité.

C'est terrible mais cela devait arriver. Maman était malade. Un cancer… Cette maladie que les adultes sont encore incapables de guérir. Elle n'a pas beaucoup souffert mais cela faisait deux ans qu'elle se traînait de l'hôpital à la maison. Elle a été courageuse et je n'ai pas eu le cœur à l'abandonner.

Nous sommes les milliardaires du temps… Ce dernier est notre richesse, nous pouvons le dépenser sans compter.
Avec Saraswati nous vivons avec la certitude de nous rejoindre bientôt. Quand l'heure viendra, nous entamerons une autre existence. Nous possédons ce pouvoir.

Mais je dois continuer de vivre avec mes parents. Profiter d'eux et apprendre aussi d'eux. Nous savons qu'il ne faut pas tomber dans cette pensée négative que les adultes sont tous nos ennemis. Même si beaucoup le sont déjà ! Même si certains vont encore le devenir ! C'est inéluctable. Pourtant la liste de ceux et celles qui ont participé à la construction de l'humanité est pourtant interminable. La mécanique de l'argent est aujourd'hui trop puissante.
Elle est devenue incontrôlable.

Maman est décédée la semaine dernière, dans sa maison, dans sa jolie chambre, dans ses beaux draps, entourée par papa, mamie et moi. Papi est déjà au cimetière depuis un an. Lors de l'enterrement il n'y avait pas beaucoup de monde. Pourtant notre famille est nombreuse mais les gens hésitent à prendre la route. C'est devenu trop dangereux. Il y a aussi maintenant des voyous qui pénètrent dans les maisons. Ils attaquent leurs occupants pour les dévaliser. C'est redevenu comme au Moyen Âge. Il n'y a presque plus de sécurité. Et ne parlons pas des autres pays comme l'Afrique, l'Asie ou ailleurs. Les médias ne savent plus où filmer, et sur quoi écrire… Paradoxalement les catastrophes semblent de moins en moins intéresser le public. Cela fait trop peur... Et chez nous il y a suffisamment à faire.

Tout ce qui arrive était prévisible.
Mais comment faire autrement ?

Quand maman est morte j'ai eu l'envie de me cacher dans le placard pour pleurer. Ce placard de ma chambre où je me suis enfermé si souvent pour communiquer avec Saraswati. Il suffit maintenant que je m'isole, que je me concentre pour capter sa pensée. C'est un exercice devenu quasi quotidien et qui nécessite une bonne dose d'énergie. Nous sommes une dizaine seulement à pouvoir réaliser ce tour de force. Cette possibilité est latente chez la plupart d'entre nous et elle se manifestera de plus en plus. Il suffit de travailler dans ce sens pour développer ce don oublié depuis si longtemps.

Après l'enterrement j'ai réussi à parler avec papa. J'ai abordé la conversation sur Saraswati. Je lui ai dévoilé le lien qui nous unissait. Il ne s'en doutait pas. Et puis, il est tombé de haut quand il a su que j'étais de ceux qui étaient appelés à diriger les futurs événements, cette « révolution » comme certains commencent à le dire et à l'écrire. Je lui ai réclamé de l'argent pour partir en Inde. Il a un peu tiqué mais je crois qu'il a compris que je devais commencer à vivre ma vie d'homme. C'est marrant d'écrire ça quand on sait que la main qui trace ces lignes est celle, menue, potelée, d'un enfant de dix ans.

C'est vrai qu'il a du mal à considérer que j'ai dix-huit ans. Comme des millions de parents !

Mais lui, il est particulièrement costaud dans sa tête et il est de notre côté. C'est un de nos plus grands défenseurs. Il est d'une certaine façon notre porte-parole.

Et sans qu'il le sache nous veillons sur lui…

Demain je prends l'avion à Orly. J'ai pris la décision aussi de cesser d'écrire ce journal. Ici, se termine ma jeunesse. Même si cela paraît incongru d'écrire ça. Pourtant c'est de ma jeunesse réelle dont je parle. Celle où j'ai été choyé par maman, papa, par mes deux mamies, mon papi tout seul, et aussi par mes oncles, tantes, cousins et cousines…

Je vais ranger ce journal sur mon étagère sans le cacher. Un jour papa le lira et c'est tellement mieux. On n'écrit jamais pour soi-même. Au fond, il existe un désir inconscient d'être lu, d'être compris, d'être aimé.

Malgré notre différence, malgré ce fossé qui n'a cessé de se creuser depuis que j'ai arrêté de grandir, je sais au fond de moi que papa m'aime. Mais nous avons des difficultés à le montrer. Maman faisait le lien et c'était une bonne chose. Maintenant qu'elle n'est plus là, il est inutile de continuer. Cette situation va m'aider à faire ce que je dois faire. Je vais partir.

C'est terminé. Le film est arrivé à son terme.

La dernière séquence sera celle de ma mort. Mais je ne serai pas là sauf si les petits monstres ont trouvé le moyen de me ressusciter. Je me pose la question et elle paraît idiote. Ils sont si mystérieux. Ils paraissent détenir tant de secrets. Ils ont exploré des terrains sur lesquels l'humanité des adultes piétinait depuis des siècles.

Seul, dans la salle de cinéma solide, vidée de son mirage cinématographique, je médite avec sérénité sur ce futur chapitre de mon existence. Fataliste comme j'ai appris à l'être en Égypte, je repousse mes pensées négatives, décide de cesser de me triturer l'esprit. A quoi bon, puisqu'il ne me reste plus qu'à mourir ! Je ne suis qu'un légume sur ce fauteuil. Je n'ai que le souvenir de mon passé pour donner un semblant de saveur à la vie qui est la mienne à présent.

Ce passé ravivé par la magie de cette fabuleuse machinerie, ce passé où l'on m'a replongé, me coince toutefois dans une frustration nouvelle. Le long des méandres de ma vie, dans les décors de ce film solide, bizarre, je me suis ressourcé. J'ai redécouvert mes sensations de jeunesse, ma vitalité, le courant de mes pensées débordantes, le désir d'avancer, de bouger et même celui d'aimer, ainsi que la souffrance de mes blessures. Tout ce qui fabrique la vie d'un homme. Et puis, brutalement, le film s'est arrêté.

Je suis redevenu ce pauvre vieillard immobilisé dans la réalité froide de son fauteuil pour handicapé.

Ce réveil pénible possède l'amertume de ce qui fut bon et qui n'est plus.

Ma petite infirmière est venue me chercher. Elle me conduit dans ma chambre et je me laisse faire sans protester, sans plaisanter comme j'ai l'habitude de faire.

Je n'aspire qu'à me mettre sous la protection de mes draps blancs. Ce lit avec son aspect accueillant, en vérité, n'est qu'un piège pour le vieil homme fatigué que je suis. Mais l'esprit suit le corps et il abandonne. Il veut dormir, il veut oublier la jeunesse, oublier la vie, et ne plus rêver. Je veux un sommeil lourd et un sommeil profond, sans fond. Je veux mourir... Je veux partir pour ne plus revenir. A quoi bon, puisque je suis le dernier des adultes !

J'ai décidé de mourir.
Les enfants vont m'aider.
L'euthanasie n'est pas leur problème mais ils n'ont émis aucune opposition à ma requête. Ils possèdent un monde moral invisible. Mais je suis trop attaché à ce qu'ils sont pour ne pas en avoir quelques idées. Leur pensée est unique. Elle est régie par des lois nouvelles, par une mentalité qui nous est restée étrangère. Ont-ils une religion ? me suis-je souvent demandé. Ils ne se sont jamais prononcés sur ce sujet. Au cours de toutes ces années, ils n'ont opposé que des visages souriants, des visages silencieux aux questions pressantes des adultes. Parfois je me demande... J'aimerais tant qu'ils aient dévêtu les religions de leurs oripeaux, de leurs rites, de leurs instruments de pouvoir, pour asservir les hommes en se servant des dieux, des prophètes. Ont-ils eu l'idée de jeter les religions dans le puits du passé ? Ont-ils juste appris à conserver la foi ? Une foi pure, originelle.

Voilà la date de mon départ est fixée. Mais avant j'ai émis le désir de revoir une dernière fois Saraswati. Elle a donc fait le déplacement et elle est déjà dans nos murs. C'est ce que m'a soufflé dans le creux de l'oreille ma petite infirmière.

J'ai demandé que l'on m'explique mon âge. Quand j'ai rencontré Saraswati elle avait vingt ans et j'en avais trente-cinq. Aujourd'hui j'ai cent quarante ans et la petite qui vient de rentrer dans ma chambre, la doyenne des enfants, du haut de ses dix ans physiques affiche cent vingt-cinq années de sagesse. Elle s'approche de mon lit et dépose un baiser sur mon front brûlant. Elle est une image sacrée, toujours aussi jolie, aussi fragile, aussi mystérieuse. C'est elle qui parle et pour une fois c'est moi qui écoute.

- Très tôt, me dit-elle, j'ai su que cette rencontre aurait lieu. Il n'y avait qu'à être patiente. Soyez sûr que nous savourons ce moment historique qui restera gravé dans notre mémoire. Durant ces années bien des enfants sont morts par la folie des adultes, par la cruauté gratuite, pour se venger d'un phénomène devant lequel personne ne pouvait rien. Ce fut notre lot quotidien. Suite à vos émissions télévisées, après les années d'agitations médiatiques dues aux révélations sur les premiers enfants atteints, après les années de stupeur où l'ensemble des enfants cessa simultanément de grandir, les adultes se sont rendus compte qu'il n'y aurait plus personne pour assurer la survie de l'espèce humaine. Excepté nous les enfants ! C'est ainsi qu'ils nous appelèrent très vite. Ce mot si doux qui prit soudain une si terrible signification. Les temps devinrent ceux du chaos, de l'anarchie, de la guerre et des pillages. La loi du plus fort, celle des prédateurs devint la seule en application. Dans tous les pays pauvres survivre relevait de l'exploit. Dans ces territoires, cette triste fatalité y était déjà implantée depuis toujours. Le mécanisme y fut juste plus fort, plus destructeur. Il généra une acceptation à peine plus douloureuse. Les occidentaux, et les états riches résistèrent davantage. Ils réussirent à conserver un équilibre, une certaine stabilité à renfort de casques, de boucliers, de systèmes de sécurité, d'armes et d'ordres militaires. Les nantis ceux qui tenaient le haut du pavé, les milliardaires, se réfugièrent dans une vie de plaisirs interminables, une fuite vers l'avant pour oublier que leurs fortunes ne serviraient à personne. Des villes se barricadèrent derrière des tranchées, des barbelés, sous la vigilance des vigiles, des chiens, des radars et d'autres gadgets de surveillance. Beaucoup aussi se réfugièrent dans des vallées inaccessibles ou dans des îles lointaines, loin de tout. Juste pour attendre la fin en toute quiétude. Petit à petit, le vandalisme, le pillage submergea la résistance des cités. Le patrimoine culturel fut détruit, volé. Mais à l'inverse du pillage des musées lors des précédentes guerre, le trafic des œuvres tomba en désuétude. Les pillards agirent davantage par dépit, désespoir que pour la valeur des objets puisque ce qui fait le prix des œuvres d'art c'est le futur.

- Malheureusement j'ai connu cette barbarie gratuite car mon métier de journaliste m'a porté quelque temps plus tard dans ce qui restait du grand musée de Bagdad. Je connais la suite ma chère Saraswati. Des troupes de fanatiques, de fasciste, des extrémistes religieux, des brigands fondirent sur les enfants. Comme au temps de Moïse, ils vous ont massacrés. Vous avez subi l'horreur, l'emprisonnement dans des camps de concentration. Vous avez été exterminés sans aucune pitié par milliers mais heureusement cette vague de haine ne dura pas.

- Oui ! Comment peut-on tuer des enfants, des innocents ? Les associations humanitaires tentèrent de nous protéger. Cependant les hommes qui possédaient un idéal devinrent de plus en plus rares. A force, même ceux-là cessèrent de lutter. Ils étaient totalement désespérés. Les plus lucides, les plus courageux, qui avaient compris notre finalité, comme vous, se rangèrent de notre côté. Ils furent longtemps nos alliés. Certains militèrent toute leur vie, l'arme au poing, sans une hésitation... Beaucoup regrettèrent amèrement de n'être pas resté des enfants. Nombreux donnèrent leur vie et moururent dans nos bras, sous nos baisers et nos caresses fraternelles.

Nous sommes comme deux miroirs face à face.

Elle, la première des enfants qui détient le secret. Moi, qui l'ai révélée au monde.

Je suis la dernière étape de leur révolution. Ses paroles sont les miennes. Ses souvenirs sont les miens. Il n'y a que son futur que je ne connais pas encore avec certitude. Mais je sais qu'elle est venue pour m'offrir ce cadeau avant mon départ. Je reprends après elle :

- Enfin, des gouvernements plus sages ont compris que vous seuls étiez les propriétaires de l'avenir. Ils se sont résignés, ont fini par accepter, à admettre. Les Nations Unies vous ont protégés mais leurs moyens furent de plus en plus limités. Les casques bleus vieillissaient. Leurs interventions étaient hasardeuses. A la longue, le monde est devenu plus calme, surtout plus fatigué. Les brigands n'avaient plus le même tonus qu'autrefois. Au fil des années, se battre, faire le coup de main, était devenu difficile. Le corps humain possède ses limites physiques... Mais avant d'aller plus loin dans notre gentille discussion, je voudrais vous poser deux questions. La première concerne mon fils Mathis... Qu'est-il devenu ?

- Vous savez qu'il a été l'ennemi public numéro un. Il s'est caché toutes ces années pour animer la révolution. Il en est le principal chef. Aujourd'hui il a encore fort à faire. Il m'a chargé de vous témoigner, à sa place, de son affection et de tout son amour.

- C'est un peu léger, vous ne croyez pas ?

- Je crois qu'il a honte ou qu'il a peur de vous revoir ?

- Après tout je m'en fiche ! J'espère qu'il sera heureux. Il est vrai que je lui ai offert peu d'affection lorsqu'il était enfant, avant qu'il ne me quitte. Vous savez j'ai lu son journal et j'ai compris un peu tard ce que j'avais raté. Je sais bien que ce n'est pas une excuse mais j'avais tant à faire avec mon enquête, mon métier. J'espère qu'il me pardonnera, que vous serez enfin heureux dans ce monde que vous essayez de sauver, de reconstruire. Et maintenant, je voudrais vous poser ma deuxième question ?

Cette question qui me brûle. Saraswati le sait. Notre retour aimable sur le passé ne fut qu'une entame amicale. Mais ne nous égarons pas. Ce n'est pas de mon sort qu'il s'agit. Puisque je suis le dernier adulte. Il s'agit uniquement de ce qu'ils vont faire quand mes deux poumons ne seront plus ventilés. Vont-ils se remettre à grandir dès que mon sang cessera de circuler dans mes artères ?

Saraswati s'est penché à mon oreille.
Elle m'a parlé dix longues minutes.

Elle m'a raconté.
Elle m'a rassuré.
J'ai pleuré de reconnaissance et d'amour pour elle, pour mon fils, pour ces enfants, pour l'humanité. Elle m'a dit que j'étais leur père.

Puis j'ai fermé les yeux.

J'ai les yeux ouverts. Ainsi c'est cela la mort ? On passe d'un lit à un autre lit. D'une chambre à une autre chambre. D'une vie à une autre vie. Je ne suis donc pas mort. Ou bien suis-je ressuscité ?

Ma main est posée le long de mon corps. Je la regarde et lentement je l'approche de mon visage. Cette lenteur c'est celle de ma vieillesse et cette main c'est toujours celle des années. Je ne suis donc pas ressuscité dans un corps jeune. Je ne suis donc pas mort ?
Je me suis juste endormi. Cela m'étonne car ma mémoire a bien enregistré l'instant suprême de mon passage vers l'au-delà. Cela ne pouvait pas être autre chose... Jusqu'alors je n'avais jamais eu une telle lucidité. Je suis sûr d'avoir vécu ma dernière seconde. Alors pourquoi suis-je encore ici ?

Je réalise que je ne suis plus dans ma chambre. Le décor est différent. Je suis dans un lit en bois et autour ce sont des meubles. Un style que je ne reconnais pas… Une musique douce ajoute à l'ambiance de la pièce une quiétude parfaite. Cette musique est bizarre ; elle est comme un médicament. En face, il y a un mur ocre ou un rideau… la matière est indéfinissable. Brusquement, il semble se diluer, fondre, et s'ouvre sur une montagne magnifique enrobée d'un glacier laiteux et majestueux. Le ciel est d'un bleu éclatant et sur le côté un grand sapin oscille sous la poussé d'un souffle de vent.

Une énergie que je pensais alors défaillante, en ce qui me concernait, circule dans mes membres. Une idée saugrenue me prend : j'ai envie de me lever. Lentement je repousse les draps et je me redresse mi-assis sur le lit. Surprise ! A mes pieds, une paire de pantoufles semble être posée là à mon intention. J'avise aussi sur une chaise à quelques mètres une robe de chambre. Je me lève, je m'en saisis et l'enfile ; elle est à ma taille. Soudain je me remémore que je suis paralysé depuis des d'années. Pourtant je viens instinctivement de me lever et de faire quelques pas.

Planté dans ces deux chaussons je n'ose plus bouger. Enfin, je me décide et j'admire avec un ravissement suprême mon pied droit bouger sous la dictée de ma volonté. Poussée par une joie immense, je m'enhardis et je fais alors un autre pas. Puis un autre, un autre... je marche... et devant, oui devant… une porte est là qui attend que je l'ouvre.

Je suis pétrifié dans une pièce extraordinaire qui n'en est pas vraiment une. Elle est comme le rideau. Il y a des murs sans doute mais ils ne sont pas là. Ce n'est pas du verre, ni même une matière solide. Pourtant c'est une paroi, puisque le vent qui souffle dehors ne passe pas. Il semble aussi ne pas y avoir de plafond. Juste quelques rares nuages qui défilent lentement. En face, le glacier avec son bouquet d'arêtes hérissées s'extirpe de son amoncellement de roches et de blocs de neige immaculée.

Le sol est en bois. Ce mélange avec cette matière me plaît beaucoup.

Mais ce qui vient de me pétrifier ce n'est point le décor. Pourtant il y a de quoi. Non ! C'est la personne qui se trouve debout à quelques mètres et qui me regarde fendue d'un immense sourire. C'est une femme. Une très belle femme d'une cinquantaine d'années. Une femme qui vient de me quitter puisque c'est elle qui m'a fermé les yeux quand j'ai cru mourir. Je me souviens de la chaleur de sa menotte sur mes paupières. Ou alors était-ce un rêve ?

Remis de mon trouble, je m'avance et me réfugie dans les bras qu'elle vient de m'ouvrir. Et je l'entends dire ces mots extraordinaires :

- C'est Papi, les enfants ! Papi s'est réveillé...

Je suis assis dans cette pièce suspendue dans le ciel de ce massif gigantesque. Une fillette blondinette et bouclée du haut de ses quatre ans me dit, avec un grand sérieux, que cette montagne c'est les Alpes, mais qu'il ne faut pas y marcher car la glace est vivante et que cela ne sert à rien de vouloir y grimper dessus. Une jeune femme se tient à côté de Saraswati, avec un nouveau-né dans les bras. Je saisis qu'elle est sa fille. Saraswati est grand-mère…

- Les hommes sont partis pour la journée. Ils sont allés faire une balade dans les airs. Une sorte de deltaplane amélioré et plus sûr que celui que votre génération aviez inventé. Mais ça c'était vraiment une bonne idée. Le vent est toujours capricieux mais depuis peu sa hargne envers les hommes est tombée. Le climat a retrouvé son équilibre. La planète est sur la voie de la guérison.

- Qui as-tu épousé ?

Et je me surprends à la tutoyer.

- Personne ! Le mariage n'existe plus. Mais j'ai choisi un homme qui n'avait qu'un seul désir, faire des enfants et s'occuper d'eux. Je parle de ton fils, Mathis... Comme tu peux le constater, la vie a repris son cycle normal. Les enfants ne sont plus des enfants. Nous nous sommes remis à grandir. Cela s'est fait quelque temps après ta mort. Car tu es réellement mort. Pour une raison que nous ignorons, tu es revenu. Est-ce une décision divine ? Nous ne l'expliquons pas. Ainsi que le pourquoi et le comment de notre arrêt de croissance. Par contre, et cela est une certitude, c'est que ce pouvoir n'existe plus... Il nous a été enlevé ou bien nous n'avons pas encore découvert la cause scientifique. C'est un mystère sur lequel nous nous sommes bien gardés d'installer une religion. Nous ne voulons plus tomber dans les erreurs du passé. En contrepartie chacun reste libre dans sa pensée. Libre à quiconque de trouver une hypothèse à ce mystère.

- Mais comment suis-je là ?

- Quand tu es revenu à toi, nous avons constaté que tu respirais normalement mais que tu étais dans le coma. Nous t'avons soigné et nos progrès en médecine furent tels que nous avons pu te préserver et te refaire une santé. Nous aurions pu te réveiller il y a des années mais tu n'aurais pas vécu assez longtemps pour connaître ta descendance. C'est pour ça que nous avons tant attendu. Ce que je peux te dire, c'est que tu as encore une bonne trentaine d'années à vivre et que tu vas pouvoir regarder grandir ces enfants qui t'ont adopté depuis qu'ils sont nés. Je dois te préciser que tu es resté durant ces décennies chez nous, sous notre toit. Ma fille t'a toujours connu. Je n'ai pas voulu que tu ailles dans un hôpital. Ce n'est pas aussi ce que nous désirons faire plus tard avec les personnes âgées.

Ainsi le monde est reparti et j'ai encore eu droit à un bonus. Je ne suis plus le dernier des adultes. Je ne suis pas mort. Pas encore ! Mais cela viendra... Puisque c'est la loi de la nature. Cette nature qui est comme moi. Elle aussi a eu droit à un bonus. Que cela dure le temps d'un milliard d'années avant que le soleil ne décide de nous manger !

Je suis sorti m'installer sur la terrasse. Je guette le ciel. Et bientôt je vais apercevoir des points noirs sur le blanc du glacier. Il paraît que mon fils et sa bande passent toujours par là lorsqu'ils reviennent de leur escapade aérienne.

FIN